엄마의 얼굴

엄마의 얼굴

김재원 지음

달먹는토끼

천국에 계시는
엄마께 바칩니다.

그리움은 오래된 애도입니다

엄마는 내게 온 지 13년 만에 나를 떠나셨습니다. 그 후로 14년 만에 내게 새로운 엄마가 생겼습니다. 장모님은 엄마의 빈자리를 금세 채워주셨습니다. 그 엄마마저 우리 곁을 떠난 지난해 겨울, 엄마를 애도하는 아내를 보며 나는 깨달았습니다. 내가 열세 살에 떠난 엄마를 충분히 애도하지 못했다는 사실을.

열세 살 소년은 엄마 없는 세상은 생각해 본 적이 없었습니다. 따라서 엄마 없는 아들이라는 말이 몹시 생소했습니다. 엄마가 떠났을 때는 충분히 슬퍼해야 한다고 아무도 가르쳐주지 않았습니다. 혼자가 된 아빠에게조차 슬픔을 말하지 않았습니다. 가슴속 깊이 숨겨둔 채, 제대로 다스리지 못한 슬픔은 인생의 어두운 조각이 되었습니다. 그리고 20년 후 아빠마저 내 곁을 떠났지만, 그때는 이미 가장이 되어 슬퍼할 틈조차 없었습니다.

억누른 슬픔은 관계의 장애물입니다. 엄마에게 말하지 못한 미안함과 아빠하고 풀지 못한 앙금은 내 마음에 자리 잡은 채, 다른 식구와의 관계에서 고개를 내밀곤 합니다. 어느 순간 엄마의 목소리가 기억나지 않았습니다. 설마 이러다가 엄마의 얼굴마저 잊을까 걱정합니다.

부모님을 오래전 떠나보내고 미처 애도하지 못한 분들, 아픈 부모님을 돌보고 있는 분들, 고향에 계신 부모님을 가까이 모시지 못해 늘 미안한 분들, 부모님과 함께 살면서도 살가운 말 한마디 못 건네는 분들 옆에 이 책이 함께했으면 좋겠습니다.

문득 44년 전 돌아가신 엄마가 그립습니다. 때론 24년 전 떠난 아빠가 보고 싶습니다. 사랑하는 아내와 아들이 가족의 빈자리는 채워도 부모의 자리는 여전히 비어 있습니다. 사람에게 부모는 몇 년쯤 필요할까요? 엄마와 13년, 아빠와 33년을 살았던 나는 그 기억으로 오늘도 숨을 쉽니다.

그리움은 오래된 애도입니다.

2025년 1월

김재원

차례

3장 _ 우리가 하는 말이 백김치 같았으면

5장 __ 엄마가 미안해할까 봐 걱정입니다

1장

천국의 어머니

엄마의
슬픈 크리스마스

크리스마스 아침입니다.

엄마는 고기에 양념이 잘 배었는지 보고 있습니다. 아버지는 큰 가방에 음식을 챙깁니다. 전화벨이 울립니다. 전화를 받던 엄마가 갑자기 혼절합니다.

"여보, 여보, 정신 차려요."

아버지는 엄마를 흔들어 깨웁니다. 잠자는 듯한 엄마의 표정에 짙은 그늘이 드리웁니다. 이 장면이 제 인생의 첫 기억입니다. 다섯 살 때입니다.

다음 장면에는 안방에 있던 흑백텔레비전에서 불타

는 높은 건물이 나옵니다. 충무로에 있던 대연각大然閣 호텔에 큰불이 났습니다. 사람들이 호텔 창문 밖으로 뛰어내립니다. 창가에서 흰옷을 흔드는 사람도 있습니다. 2층 창문틀에는 실신한 여성도 보입니다. 고가 사다리에 사람이 오르고 헬기가 날지만, 혼란은 좀처럼 줄어들지 않습니다. 뉴스에서 생사를 오가는 사람들의 모습이 계속 흘러나옵니다. 백수십 명의 목숨을 앗아간 대한민국 최악의 화재 사고는 이렇게 한 어린 아이의 머리와 마음에 새겨졌습니다.

엄마는 대연각 호텔 2층에서 미용실을 운영하셨습니다. 엄마를 따라 걷던 복도의 불빛, 엄마를 기다리던 미장원의 빨간 의자, 어린 나를 환하게 맞아주던 흰옷 입은 누나들의 모습이 아직도 선연합니다.

그날은 미장원 누나들의 야유회 날이었습니다. 크리스마스이브를 맞아 미장원에서 밤을 새운 몇몇 누나들과 그날 아침 야유회를 위해 미장원에 모인 누나들은 갑작스러운 가스 폭발로 크게 다치고 심지어 세상을 떠나기도 했습니다.

"모든 게 내 탓이야. 다 내 잘못이야. 놀러 가자는 말만 안 했어도 걔들이 거기 없었을 텐데."

식음을 전폐하고 끙끙 앓으며 울던 엄마는 미용 일을 그만두었습니다. 그 후로도 누나들의 죽음과 아픔은 엄마 마음에 아물지 않는 큰 상처로 남았습니다.

엄마의 창백한 얼굴은 제 기억에 똬리를 틀었습니다. 다섯 살 아들의 기억에 전이된 엄마의 숨 막히는 미안함은 제 인생의 첫 기억을 잿빛으로 물들게 했습니다.

아들은 나이가 들며 키와 마음이 커갔지만, 엄마의 아픈 상처는 아물지 않았습니다.

엄마는 크리스마스만 되면 슬픔과 아픔을 이기지 못했습니다. 결국 그 사건이 일어나고 9년 후 겨울, 엄마는 제 곁을 떠났습니다. 간암 투병을 견디지 못한 엄마를 떠나보낸 저는 그때 겨우 열세 살을 지나고 있었습니다.

제 인생의 첫 기억은 슬픈 잿빛입니다.

누나들의 죽음은 엄마에게 슬픔과 고통을 주었습니

다. 엄마의 죽음은 저에게 지울 수 없는 아픔을 남겼습니다.

아픔은 지울 수 없는 흉터를 남기지만
더는 아파하지 않아도 된다는 표식標式입니다.

당신의 말은 한 그루 나무입니다

누군가에게 겨자씨를 선물받은 적이 있습니다. 책갈피에 좁쌀 크기의 겨자씨가 붙어 있었습니다. 겨자씨는 모든 씨앗 가운데 가장 작다고 합니다. 하지만 자라면 어떤 풀보다 더 커져서 나무가 됩니다. 그래서 공중을 나는 새들이 와서 그 가지 위에 깃듭니다. 작은 씨앗이 어디 겨자씨뿐이겠습니까? 마음속 작은 언어의 씨앗도 잘 자라 새들이 와서 깃드는 나무가 됐으면 좋겠습니다.

예로부터 말이 씨가 된다고 했습니다.

고등학교 시절, 하굣길에 소방차가 지나가는 것을 보았습니다. 같이 가던 친구가 "혹시 우리 집에 불난 것 아닐까?" 하고 농담 반 진담 반으로 말했습니다. 저는 "야, 그러지 마. 말이 씨 된다" 하고 핀잔을 주었습니다. 불이 난 곳은 정말로 그 친구 집이었습니다. 굳이 따지자면 그 말이 씨가 되기 전에 이미 불이 났지만, 저는 섬뜩했습니다.

불난 그 친구 집 앞에서 서성이며 할 말을 잃었습니다. 정말 말이 씨가 된 것만 같았습니다.

말이 씨가 된다면 참 무서운 일입니다. 그동안 제가 해온 말들이 씨가 된다면, 제가 한 말들이 다 나무가 되어 있다면 이런 끔찍한 일이 어디 있겠습니까? 제가 싫어한 사람들, 미워한 사람들, 알게 모르게 한 험담과 저주의 말들이 세상 어딘가에 나무로 남아 있다면, 그 나무는 얼마나 보기 흉한 모습이겠습니까? 생각만 해도 섬뜩합니다. 물론 새가 날아드는 괜찮은 나무도 몇 그루 있겠지만, 전반적으로 제가 만들어낸 숲은 흉측하기 그지없을 겁니다.

말은 나무입니다. 내 안에 흐르는 생각을 말하고 듣

고 다시 생각하는 내 머릿속 언어는 나무입니다. 그 나무는 뿌리도 있고 밑동도 있습니다. 줄기도 있고 가지도 있고 무성한 잎도 있습니다. 때로는 꽃이 피고 때가 되면 열매도 맺습니다.

생각은 말이 되고,
말은 씨가 되고,
그 씨는 나무가 됩니다.
나무들이 모여 또 숲을 이룹니다.

언어는 인격의 됨됨이에서 나옵니다. 인격은 사람의 근본에서 비롯됩니다. 말 나무의 뿌리는 사람의 인격이고, 말 나무의 줄기는 언행입니다. 말 나무의 가지는 그 사람의 관계이고, 말 나무의 잎은 그 사람의 영향력입니다. 말 나무의 꽃은 그 사람이 만든 아름다움이고, 말 나무의 열매는 그 사람이 남긴 흔적입니다.

"사람은 그 입에서 나오는 것으로 만족하고 그 입술에서 거두는 것으로 배부르게 된다."

《구약성서》 중 〈잠언〉의 한 구절입니다. 바꿔 말하

면, 사람은 그 입에서 나오는 것으로 인해 어려움을 겪게 되고, 그 입술에서 거두는 것이 없다면 굶게 된다는 것입니다. 한편으론 행복하고 한편으론 무서운 이야기입니다.

금비金肥와 퇴비堆肥

오래전 〈느낌표〉라는 공익 예능 프로그램이 있었습니다. 그 가운데 '책, 책, 책, 책을 읽읍시다'라는 독서 권장 캠페인이 있었죠. 개그맨 유재석 씨가 시민들을 만나 책에 관한 이야기를 나눕니다. 꽤 오랜 시간이 지난 지금도 기억에 선명한 인터뷰가 있습니다. 책을 좋아하는 초등학교 5학년 남자 어린이의 이야기입니다. 책을 읽느냐는 유재석 씨의 질문에 이렇게 답합니다.

"우리가 밥을 먹을 때 그 밥이 어디로 가는지 모릅니다. 밥이 어떤 영양소가 되어 어떤 장기에 영향을 미치고, 나물이 어떤 도움을 주는지, 고기가 어떻게 내 건강을 유지하는지 모릅니다. 밥을 맛있게 먹고 나면 우리는 잊어버립니다. 하지만 우리가 먹은 밥은 우리의 건강을 지켜줍니다. 책도 마찬가지예요. 우리가 읽는 책의 구절구절이 우리에게 어떤 도움을 주는지 알지 못합니다. 책을 읽고 나면 바로 잊어버리기도 합니다. 하지만 그 책은 우리 인생의 영양소가 되어 우리 삶을 윤택하게 만들어줍니다."

당시 이 어린이의 이야기를 듣고 눈물이 날 정도로 뭉클하고 또 부끄러웠습니다. 책이 얼마나 소중한지 저 어린아이도 아는데, 저는 뭔가 싶었습니다. 지금 그 학생이 어디서 무엇을 하고 있을지 궁금합니다. 찾아보고 싶은 마음입니다.

그렇습니다. 책은 밥입니다.

프랑스의 소설가 미셸 투르니에는 이렇게 말했습니다.

"독서는 기적이다. 나는 기호들이 까맣게 적힌 종이 뭉치 하나를 건네받는다. 나는 그 종이를 들여다본다. 그런데 기막힌 일들이 일어난 것이다."

그렇습니다. 책은 기적을 일으킵니다. 우리 삶을 풍요롭게 하고, 우리 삶을 역사로 만듭니다. 물론 밥만 먹어서는 큰 의미가 없습니다. 운동이 부족하면 영양 과잉이 나타납니다. 읽은 책은 생각하고 소화해서 표현해야 합니다. 올바른 언어로 표현할 때 그 지식은 또 다른 운동으로 새로운 영향력을 갖습니다.

농작물은 거름을 주어야 잘 자랍니다. 우리 인생도 책을 통해 지식 정보력을 쌓아야 합니다.

거름엔 '금비'와 '퇴비'가 있습니다. 금비는 돈을 주고 사서 쓰는 일종의 화학 비료를 말합니다. 퇴비는 '두엄'이라고도 하는 천연 거름입니다.

"쇠똥 세 바가지가 쌀 세 가마."

"풀 짐이 무거워야 풍년이 든다."

"풀 한 짐이 쌀 한 섬이다."

이런 속담은 금비보다 퇴비가 중요함을 말하는 것입니다.

밥 한 공기는 공으로 주어도 퇴비 한 소쿠리는 안 줄 만큼 농군들은 퇴비를 소중히 여겨왔습니다.

책은 퇴비입니다.

우리 인생의 토양에도 퇴비를 많이 주어야 합니다. 금비를 주어 작은 꽃을 잠깐 보고 말 것인지, 퇴비를 주어 땅심을 좋게 하고 튼실한 열매를 기다릴 것인지 상황에 맞게 선택해야 합니다.

말의 뼈

사람들의 말에는 가시가 있습니다.
그 가시에 찔려 상처가 나기도 합니다.
하지만 나는 말에 뼈가 있다는 사실을
눈치채지 못했습니다.
말을 바람처럼 여기고 살아왔기 때문입니다.
말에 뼈가 있다는 것을 안 순간,
나는 말을 무심코 내뱉을 수 없었고
남의 말을 무심코 흘려들을 수 없게 됐습니다.

엄마,
미안해요

"네가 요즘 엄마 방에 안 들어와 섭섭하대."

제법 찬 바람이 불기 시작하자 막내 이모가 저를 불러 말씀하셨어요.

"제가 요 며칠 감기에 걸렸어요. 엄마한테 옮기면 어떡해요. 그래서 일부러 안 들어간 건데."

"그랬구나. 엄마한테 미리 말할 걸 그랬다."

저는 엄마가 감기에 걸리는 것만 걱정했어요. 섭섭해하실 줄은 미처 생각 못 했어요. 아들들이란 참 생각이 짧습니다. 막내 이모가 있을 때 얼른 방에 들어가 사정을 말씀드렸더니 오히려 엄마는 제가 걸린 감기만 걱정하시는 거예요. 엄마들이란 참 아들 걱정뿐입니다.

엄마의 섭섭함을 겨우 지우고 일주일이 흘렀습니다. 친구들과 시내에 놀러 갔어요. 안방에 누워 계신 엄마를 생각하면 어딜 놀러 가겠습니까마는 그래도 기분 풀러 가자는 친구들의 말에 따라나섰죠. 소피 마르소, 피비 케이츠 같은 좋아하는 여배우들의 사진이 담긴 책받침도 샀습니다. 이 일이 평생 미안함으로 남을 줄은 그때만 해도 몰랐어요.

해 지기 전, 아파트 현관문을 열고 들어섰는데, 아빠 눈에 눈물이 보이더군요. 아빠는 저를 제 방으로 데리고 들어가셨어요.

"재원아, 아무래도 엄마가 오래 못 버틸 것 같다."

그러시곤 꾹 참았던 눈물을 빗물처럼 쏟아내셨습니다. 그 눈물이 제 마음에 미안함이 되어 내려앉았습니다. 아빠를 위로할 수도, 저 자신을 달랠 수도 없었어요. 엄마를 돌봐주시던 의사 선생님이 다녀간 뒤, 엄마는 그래도 그 밤을 간신히 넘기시더군요.

다음 날은 주일이라 교회에서 많은 분이 오셔서 엄

마를 위해 기도해 주셨습니다. 엄마는 마침 정신을 차린 듯 대화도 나누고 버텨내는 것처럼 보이더군요. 마음을 놓은 저는 제 방 책상 앞에 앉아 라디오를 켰어요. 잠깐이라도 일상으로 돌아가고 싶었죠.

이튿날, 학교에서 돌아오니 또 아빠가 뛰쳐나오시더군요.

"재원아, 오늘은 엄마와 진짜 이별을 할 모양이다."

뒤이어 이모들이 달려오고, 목사님과 교회 사람들이 오셨어요. 계속 찬양하고 기도하며 저녁도 굶은 채 밤 9시를 넘기고 있었습니다. 아마 제가 잠깐 졸았던 모양입니다. 아버지가 말씀하셨어요.

"아직은 괜찮으니 잠시 네 방에 가 쉬렴."

저는 제 방에 들어가 앉아 있다 그만 깜빡 잠이 들었습니다.

"재원아, 재원아!"

막내 이모의 다급한 목소리를 듣고 깨어 안방으로 달려갔어요. 엄마는 숨을 몰아쉬고 계셨습니다. 제가 잠결에 지켜보는 사이 엄마는 마지막 숨을 크게 들이 마시곤 가녀린 노란 손을 툭 떨어뜨렸습니다.

여기저기서 흐느끼는 소리가 들렸지만 저는 울지 못했습니다. 아니, 울 수 없었습니다. 아니, 어떻게 우는지를 몰랐습니다.

"재원아, 네가 엄마 눈을 감겨드려라."

기도를 끝낸 목사님이 제게 말씀하셨어요. 그러고 보니 엄마는 노란 눈을 가늘게 뜨고 계시더군요. 아빠 얼굴을 쳐다보니, 고개를 끄덕이셨어요. 성큼 커버린 아들의 손이 엄마의 마지막 눈을 감겨드렸습니다. 황달로 샛노래진 엄마의 얼굴이 제 가슴에 색 판화처럼 찍혔습니다. 아마도 엄마는 저를 놔두고 편히 눈을 못 감으셨던 것이겠지요.

"언니, 재원이 걱정은 마. 내가 잘 돌볼 거야. 재원아, 너나 나나 이제는 진짜로 엄마가 없게 됐구나."

엄마보다 네 살 아래인 막내 이모가 언니를 엄마처럼 생각했다는 걸 저는 한참이 지난 다음에야 알았습니다. 외할머니가 일찍 돌아가셨거든요.

저는 그날 운 기억이 없습니다. 아버지도 울고 목사님도 울고 이모들도 우는데, 하나밖에 없는 아들은 울

줄을 몰랐습니다. 그저 종잡을 수 없는 미안함이 슬픔을 삼켜버렸습니다.

감기에 걸려 엄마 방에 들어가지 못한 일주일, 이틀 전 엄마를 두고 시내에 놀러 나간 일, 엄마를 배웅하는 시간에 꾸벅꾸벅 졸았던 아들. 그 한심한 미안함이 저에게 슬퍼할 자격조차 주지 않았습니다.

엄마의 노란 얼굴

장례식을 치렀어요.

복도식 아파트 8층 1호에 상가喪家를 알리는 검은 등이 달렸죠. 한 달 전 읽은 해외 토픽이 떠올랐어요. 죽은 지 열여덟 시간 만에 살아나서 관문棺門을 두드린 사람의 이야기였어요. 꼭 우리 엄마도 그럴 것 같았습니다. 엄마의 관 옆을 지키던 저는 계속 시계를 봤어요. 열여덟 시간이 흘렀습니다.

'제발 기적을 보여주세요. 엄마를 살려주세요.'

어른들 몰래 관 가까이 다가가 소리를 들어봤지만 아무 일도 일어나지 않았습니다. 두 손 모아 간절히 기도했지만, 엄마의 얼굴은 끝내 볼 수 없었습니다. 그리고 한 시간쯤 지나서야 저는 긴 한숨을 내쉬었어요. 그제야 엄마가 제 마음에서도 돌아가신 거예요. 이제 저는 엄마 없는 아이였죠.

그러고 보니 제가 학교에 연락을 안 했더라고요. 경황도 없었지만 담임 선생님께 전화할 생각을 하니 뭐라고 말해야 할지 몰라 미루고 미루다 그렇게 된 거였어요. 교회 친구들한테 소식을 들은 반 친구들과 담임 선생님이 오셨어요.

나는 무슨 말을 해야 할지, 어떤 표정을 지어야 할지 몰랐습니다. 어른이 되어 생각해 보니 제가 꽤 예민한 나이였더라고요. 아무리 어린 상주라도 기본적인 예의조차 갖추지 못한 것이 부끄럽네요.

다음 날 아침, 어른들이 분주하게 움직였습니다. 복도식 8층 아파트에서 관을 옮기는 게 쉽지 않은 문제였거든요. 저는 먼저 엄마의 영정 사진을 들고 아파트 주차장으로 내려와 엄마를 기다렸습니다. 그때 막내 이모가 손을 들어 하늘을 가리켰어요.

"재원아, 저기 좀."

엄마의 관을 매단 곤돌라가 내려오고 있었어요. 이삿짐을 옮기는 곤돌라를 보면서 한 번쯤 타보고 싶은 적이 있었죠. 그런데 그 곤돌라에 엄마가 타고 있었어요. 12월의 찬 바람에 흔들리는 엄마의 관이 그렇게 위태로워 보일 수가 없었어요.

그때 놀이공원에 가서도 무섭다며 놀이기구를 타지 않던 엄마 모습이 생각났어요.

'엄마가 무섭지는 않을까?'

그런데 말이에요, 엄마의 무서움보다 어느 순간 앞으로의 내 인생이 희미한 공포로 다가왔어요. 찬 바람 부는 허허벌판에 혼자 서 있는 제 모습이 선명하게 보였습니다.

'아, 이제 내 인생도 저렇게 흔들리겠구나.'

관을 모신 차를 타고 가는 내내 슬픔보다 걱정이 앞섰습니다. 영정 사진을 들고 있다는 사실도 잊은 채 정신이 몽롱해졌습니다. 아저씨들이 관을 매고 꽁꽁 언 산길을 올라갈 때도, 춥디추운 땅 밑에 관을 내릴 때도 엄마의 얼굴이 머릿속에서 떠나지 않았지만 눈물이 나지는 않았습니다.

"그래, 재원아. 그렇게 꾹 참고 살아. 대견하다."

날 위로하는 엄마 친구들의 목소리까지는 기억납니다. 억지로 꾸역꾸역 먹던 뭇국의 따스함도 생각나고요. 아마도 돌아오는 차 안에서 쓰러지다시피 잠들었겠죠.

제 기억의 다음 장면은 우리 집 안방에 깔린 엄마 이부자리에 누운 어린 상주, 바로 저의 모습이에요. 어제 아내를 묻고 온 아빠가 제 다리를 주무르고 계셨어요. 깨어났지만 저는 한참을 계속 잠든 것처럼 눈을 감고 있었어요. 아빠한테 무슨 말을 해야 할지 도무지 생각나지 않았거든요.

그렇게 눈을 감은 채 얼마나 흘렀을까요? 사흘 동안 있었던 일을 되짚으며 당장 무슨 일을 해야 할지 생각하니 가슴 한쪽에 허전한 바람이 불더군요.

기척이 느껴졌어요. 제 다리를 주무르는 아버지가 울고 계셨던 거예요. 그때 눈을 떠서 아빠를 위로해 드렸어야 했는데, 저는 그렇게 하지 못했어요. 그냥 계속 잠든 척했습니다. 그 후로 저는 아빠에게 엄마 이야기를 꺼내지 않았어요. 아빠도 제게 엄마 이야기를 하지 않았죠.

지금 생각해 보니 우리는 서로 엄마 잃은 슬픔과 아내 잃은 슬픔을 숨기고 있었던 거예요. 우리에게는 '슬픔 말하기 연습'이 필요했는데 말입니다. 하지만 저는 한동안 아빠 옆, 엄마의 이부자리에서 잠을 잤습니다. 언제까지였는지는 기억나지 않아요. 제법 오랫동안 아빠는 제 곁을, 저는 아빠 곁을 지켰습니다. 그리고 저는 제 입으로 엄마의 죽음을 이야기하는 데 꽤 오랜 시간이 필요했습니다.

엄마의 노란 얼굴이 잘 기억나지 않을 때쯤부터 엄마 이야기를 할 수 있었습니다.

험담의 달콤함

이누이트족은 늑대를 사냥할 때 날카로운 칼에 피를 묻혀서 얼음 속에 꽂아놓습니다. 피 냄새를 맡은 늑대는 얼음 칼을 핥기 시작합니다. 피 맛이 달콤하기 때문입니다. 핥고 또 핥다 보면 얼음이 녹고 칼은 날카로운 날을 드러냅니다.

그 칼날에 늑대가 혀를 베어 피를 흘리고, 늑대는 얼음 때문에 둔감해진 혀로 계속 자기 피를 핥느라 자리를 떠나지 못합니다. 자신의 멸망이 기다리고 있는 것도 모른 채 말입니다.

험담의 달콤함이 그렇습니다.

자신의 혀가 둔해지는지도 모른 채,

그래서 자신의 혀에서 피가 흐르는지도 모른 채,

다른 사람의 험담을 늘어놓다 보면

결국은 그 피해가 자신에게 멸망으로 돌아옵니다.

저 같은 사람도
배려해 주세요

짜장면을 섞어 먹지 않습니다.

면의 쫄깃함을 만끽하며 짜장을 찬 삼아 먹습니다.

비빔밥도 비벼 먹지 않습니다.

고추장 없이 재료 본연의 맛을 느낍니다.

주문할 때 따로 해달라고 아무리 강조해도

자주 짜장을 붓고 고추장을 올려서 줍니다.

심지어 따로 나오는 간짜장조차 말릴 틈도 없이

제 앞에서 붓습니다.

아쉽지만 화를 낼 수는 없습니다.

제가 남들과 다른 거니까요.

가끔 있는 저 같은 사람도 배려해 주세요.

사람은 다 다르니까요.

당연한 듯 무심코 내뱉는 말에도

각기 다른 사람들이 모여 있는 군중 속에

상처받는 사람이 있을 수 있습니다.

그냥 조금만 조심하면 된답니다.

마음을 사고 싶습니다

아침 생방송을 앞두고 긴장하는 출연자들에게 늘 하는 말이 있습니다.

"재미있게 놀다 가세요. 그냥 저희와 차 한잔 드시는 겁니다. 그냥 저희를 쳐다보면서 이야기하시면 됩니다. 저희가 다 알아서 할게요."

사람의 마음을 사고 싶습니다.
마음을 산다는 건 상대방의
생각을 먼저 헤아리는 것입니다.

'아, 저 사람이 내 마음을 아네' '저 사람은 내 편이구나' 하고 생각하게 만드는 것입니다. 그래서 사람의 마음을 사는 것은 내 말 한마디를 먼저 주고 사는 선금先金입니다.

걷기 예찬

내 인생의 첫 걷기는 당연히 돌 무렵입니다. 하지만 목적과 목표를 가진 걷기의 첫 경험은 초등학교 5학년 때라고 할 수 있습니다.

어느 날, 친구 G가 나에게 말했습니다.

"재원아, 나랑 어디 좀 가자!"

"어딜 가는데?"

"가보면 알아."

G는 웃으며 말했습니다. 동부이촌동에 살던 나는 학교를 떠나 서쪽으로 걸었습니다. 이촌동의 끝인 빌라맨션과 타워맨션을 지났습니다.

당시 막내 이모가 타워맨션에 사셨기에 거기까지는 걸어서 가봤었습니다. G는 고가도로 밑을 지나 한강대교로 들어섰습니다. 이제 굳이 어딜 가냐고 묻지도 않았습니다. 가끔 스케이트를 타러 가던 중지도中之島(지금의 노들섬)를 지나 노량진까지 걸었습니다.

한강대교 끝에 다다르자 인도가 없었습니다. G는 더 가자고 주장했지만 딱히 목적 없이 따라온 나는 그만 돌아가자고 했습니다.

실랑이 끝에 우리는 반환점을 돌았습니다. 그때까지는 괜찮았는데, 돌아가는 길에 중지도를 지나면서 급격히 피로가 몰려왔습니다. 마라톤 선수처럼 헐떡거리며 학교로 돌아왔습니다. 끽해야 왕복 5킬로미터쯤 걸었을까요?

그 첫 경험 이후, 저는 가끔 한강대교 투어를 즐기곤 합니다. 아마 요즘 마포대교를 걸어서 출근하는 것도 그때의 영향이 전혀 없지는 않을 겁니다.

저는 일상에서 숨 쉬는 것처럼, 밥 먹는 것처럼 걷습

니다. 제가 살아 숨 쉬는 동안 다리를 움직여 제게 주어진 길을 걸어갈 것입니다.

걷기는 일상의 여행입니다.

그 여행이 지친 일상을 숨 쉬게 합니다.

그가 당신의 마음을
읽을 것입니다

지금 당신 앞에 있는 사람에게
관심을 나타내고 눈을 마주치고
다정한 말을 건네는 것은
지금, 이 순간 당신이
그에게 줄 수 있는 최고의 선물입니다.
잠깐만 기다리십시오.
그가 지금 당신의 마음을 읽고 있습니다.

히말라야 학교에는 콩나무가 자란다

"히말라야가 얼마나 많은 사람을 하늘로 보냈을까?"

히말라야 등반을 함께 하던 H의 물음에 제가 답했습니다.

"정채봉 시인의 〈콩씨네 자녀 교육〉이라는 시가 있거든. 들어볼래?"

콩씨네 자녀 교육

광야로 내보낸 자식은

콩나무가 되었고,

온실로

들여보낸 자식은

콩나물이 되었고.

"어때? 시 좋지? 저것 봐. 콩알만 한 애가 자기보다 큰 펌프에서 물을 퍼내고 있잖아. 재가 콩나무야. 저런 애가 커서 큰 콩나무가 되는 거야."

작은 건물 앞 펌프에서 한 어린아이가 물을 퍼 올리고 있었습니다. 대여섯 살쯤 된 아이 옆에 있는 찌그러진 양동이가 꽤 커 보였습니다.

아이에게 "줄래" 하자, 아이도 "줄래" 했습니다. '줄래'는 '안녕'이라는 뜻입니다. 아이는 물을 다 길었는지 양동이를 들고 총총걸음으로 사라졌습니다. 우리도 펌프질을 해봤습니다.

최근에 만든 것인 듯 각진 모양의 펌프가 생경했습니다. 마중물 없이도 네댓 번 펌프질을 하자 물이 쏟아졌습니다. 꽤 시원했습니다. 모처럼 고양이 세수를 했습니다. 올려다본 하늘이 파랬습니다. 그 사이로 한 떼의 구름이 유난히 천천히 흘러갔습니다.

모든 경계에는 꽃이 핍니다

H와 처음 만난 것은 KBS 21기 공채 신입 사원 예비 소집일 때입니다. 일정이 끝나고 여자 동기 한 명, 남자 동기 네 명이 쑥스러운 인사를 나누고 커피숍에서 잠깐 이야기를 나눴습니다. 반갑다느니, 잘해보자느니, 축하한다느니 하는 상투적인 인사 외에 딱히 기억에 남는 이야기는 없습니다. 2월 1일 입사식을 마치고 합숙 연수에 들어갔습니다.

나는 그 당시 누군가를 새롭게 사귀거나 합격의 기쁨에 도취할 처지가 아니었습니다. 유학 중에 홀로 계시던 아버지가 중풍으로 쓰러졌거든요. 외아들인 나는 급히 귀국했고, 병원에서 먹고 자며 아버지를 돌본 지 넉 달 만에 KBS 합격증을 받고 연수원에 입소한 터였습니다.

합격의 기쁨도 잠시, 여전히 말도 못 하고 거동도 못 하는 아버지를 돌볼 사람이 없었습니다. 전문 간병인은 마다하는 아버지를 신혼이던 아내와 코소보 선교사를 준비하던 친구한테 맡기고 연수를 받았습니다.

연수원에서는 홀로 강의실과 식당을 오가며 지냈습니다. 셋째 날 저녁, 방에서 쉬고 있는데 갑자기 H가 팬티 바람으로 들어오더니 허리에 파스를 붙여달라고 했습니다. 참 생경한 풍경이었습니다.

'그래 붙여주마. 그게 뭐 어렵겠니.'

이렇게 생각하고 있는데, H는 허리를 들이대며 앞으로 잘 부탁한다고 했습니다. 하긴 평생 같은 회사에 다니려면 친하게 지내야겠지요.

보름의 연수 기간 동안, H는 밥을 같이 먹으며 자신의 속내를 숨김없이 드러내곤 했습니다. 이후 석 달간 아나운서실에서 연수를 받고 우리는 순환 근무를 하러 각각의 지역으로 뿔뿔이 흩어졌습니다. 나는 춘천,

H는 제주도로 갔죠.

H와 나는 언제부터인지 모르게 친해졌습니다. 중학교 동창도 3년, 고등학교 동창도 3년, 대학 동창도 고작 4년을 함께 보낼 뿐입니다. 설령 초중고 12년 동창이라고 해도 늘 같은 반인 것은 아니죠. 직장 동기는 다릅니다. 마음만 맞으면 평생을 같이 갑니다. 더욱이 직종 특성상 부서 이동 없이 계속 아나운서실에서 근무해야 하니 오죽하겠습니까?

H와 나는 마치 원래 친했던 친구가 같은 회사에 들어온 것처럼 가까이 지냈습니다. 내가 휴직하고 캐나다에서 3년 동안 있을 때도 뻔질나게 전화와 이메일로 회사 사정을 들려주었습니다. 심지어 가난한 유학생을 위해 적잖은 용돈도 보내주었습니다.

그랬던 H가 캐나다에서 돌아와 보니 왠지 낯설었습니다. 까닭 없이 나를 피했습니다. 나는 이유도 모른 채 묵묵히 기다렸습니다. 그렇게 6개월이 지난 후 H가 말없이 내 곁으로 돌아왔습니다. 그때도 나는 이유를 묻지 않았습니다. 뭔가 섭섭한 게 있었겠거니, 오해가 생겼다가 풀렸겠거니 생각했습니다. 설령 오해를 했다고 해도 그게 무엇인지 궁금하지 않았습니다. 그냥 이해했습니다. 이해가 오해보다 크기 때문입니다. H와는 그렇게 시간이 쌓였고, 우리는 여전히 아주 친한 친구입니다.

모든 관계에는 오해와 이해의 경계가 필요합니다. 함민복 시인의 시처럼 모든 경계에는 꽃이 핍니다. 오해와 이해의 경계에 꽃이 흐드러지게 필 때, 관계는 무르익습니다.

엄마 없이
잘 살아야 해

히말라야 여행 때의 일이에요.

아팠어요. 밤새도록 아팠죠. 같이 간 동료는 끙끙거렸고, 저는 열이 펄펄 끓었어요. 종합감기약을 가져왔어야 한다는 후회조차 사치로 느껴질 정도로 아팠죠. 그 와중에 네 편의 옴니버스 꿈을 꾸었어요. 꿈에서조차 아팠는데, 그 기억이 생생했어요.

어린 시절에는 엄마가 등장했고, 소년 시절에는 아빠가 등장했어요. 청년 시절에는 아내가 등장했고, 성인 시절에는 아들이 등장했어요. 네 편의 꿈을 꾸며 아프면서도 신기하다고 생각했어요.

감기에 걸려 엄마 방에 들어가지 못한 거라고, 섭섭해하는 엄마를 달래러 들어갔을 때, 엄마가 이런 말씀을 하셨어요.

"재원아, 엄마 인생이 영화 필름처럼 스쳐 지나갔다. 아마 엄마가 며칠 있다가 죽는 모양이야. 재원아, 이제 엄마 없이도 잘 지내야 해."

"엄마는 무슨 그런 말을 해? 이렇게 나아가고 있는데. 내가 엄마 없이 어떻게 잘 지내?"

그 얘길 들은 날 밤, 감기 끝물이었을까요? 저는 밤새 아팠어요. 혼자 끙끙 앓았죠. 차마 아픈 엄마 옆을 지키고 있는 아빠를 부를 수는 없었어요. 그냥 그렇게 아팠어요. 아침에는 그래도 잘 일어났는데, 그날 밤 아팠던 건 엄마의 얘기 때문이었을까요? 엄마가 떠난 후론 늘 혼자 아팠어요. 아내가 내 방에서 함께 살기 전까지는요.

"어머니가 돌아가시고 가장 힘들었던 순간은 언제였나요?"

가끔 듣는 질문이었지만, 제가 답하지 않은 질문이었죠. 사실은 이 질문에 답해야 하는 순간이 가장 힘들었거든요. 엄마의 얼굴은 이야기할 수 있어도, 엄마의 죽음을 이야기하는 건 엄마의 죽음만큼이나 싫었거든요. 왜 그랬을까요? 아마 제가 애도를 충분히 하지 않았기 때문일까요? 충분히 슬퍼하지 않았기 때문일까요?

옆집에 엄마와 가까이 지내던 할머니가 계셨어요. 엄마가 돌아가신 후에도 저를 자주 챙겨주셨죠. 그 할머니에게는 저보다 일곱 살, 아홉 살 어린 손자 둘이 있었는데요, 간식을 꼭 같이 챙겨주셨어요. 근데 그때마다 유치원생 손자가 저보고 항상 같은 말을 했어요.

"형은 엄마가 없어서 참 슬프겠다."

할머니가 그런 말을 하면 안 된다고 주의를 주셨지만 그 애는 듣지 않았어요. 저는 그런 이야기를 들을 때마다 얼른 그 자리를 피하고 싶었죠.

그 할머니께서 장떡을 가끔 만들어주셨는데 그게 그렇게 맛있더라고요. 언젠가는 너무 먹고 싶은데, 차마 해달라고 말할 용기가 없어서 혼자 만들어보려고 했어요. 그런데 어떻게 만드는지를 알아야죠. 밀가루에 된장을 풀어 부쳐봤더니 맛이 이상하더군요. 아빠가 들어오실까 봐 얼른 허겁지겁 먹어치웠어요. 그 맛없는 것을 꾸역꾸역 먹는데, 문득 엄마 얼굴이 보고 싶었어요. 나중에 크고 나서야 고추장을 풀어야 한다는 걸 알았죠.

그때부터였을까요? 식탐이 많아졌어요. 엄마가 잘 챙겨주실 때는 부족함 없이 먹었는데, 아빠와 둘이 살고부터는 먹고 싶은 것이 있어도 이야기해 본 적이 없으니까요. 친구 집에만 가면 배가 터져라 먹고 있는 저 자신을 발견한 순간, 서글퍼졌어요. 사실 요즘도 맛있는 걸 보면 무조건 욕심을 부려요. 그런데 어느 순간부터는 체질적으로 식탐이 많은 거라고 생각하기로 했어요. 안 그러면 제가 너무 불쌍해지잖아요.

엄마가 돌아가시고 바로 다음 주일에 중고등부 예배를 나갔어요. 예배가 끝나고 광고 시간에 전도사님이 저를 부르더니 앞에 세워놓고 말씀하셨지요.

"재원이 엄마가 돌아가셨다. 우리가 재원이를 위해 기도해 주자."

전도사님은 찬양도 불러주고 통성 기도도 해주셨어요. 그때의 기분은 뭐랄까, 분명히 나를 위한 것이라는 건 알겠는데, 얼른 끝났으면 좋겠다는 마음뿐이었죠. 위로를 받는 것도, 용기가 난 것도, 슬픔이 씻겨나간 것도 아니었어요. 그 자리에서 빨리 도망가고 싶었어요. 전도사님의 기도가 사랑이라는 것은, 배려라는 것은 크고 나서야 알았습니다. 사랑도, 배려도 받을 직한 것이어야 하나 봐요. 무인가를 상실한 사람은 마음이 작아져 있거든요. 특히 엄마 없이 사는 세상에서는요.

천국의 어머니

가끔 주일에 예배를 드리고 와서 혼자 있을 때 텔레비전을 보면 〈우정의 무대〉라는 군인 프로그램을 했어요.

"엄마가 보고플 땐~"

이런 시작 로고송이 들리면 긴장되곤 했어요. 어떻게 눈물을 참아야 하나 싶었죠. 커튼 뒤에 숨어 있는 어머니가 자기 어머니라며 무대로 올라가는 군인들이 그렇게 부러울 수 없었어요.

'나중에 내가 군대에 가도, 우리 부대에 〈우정의 무대〉가 와도 나는 저기에 오를 수 없겠구나.'

이렇게 생각하면 슬픔이 몰려왔어요. 내가 외향적이라면 저 무대에 올라 "우리 엄마가 맞습니다! 분명히 엄마가 하늘나라에서 내려왔을 겁니다!" 이렇게라도 우겨볼 텐데, 하고 생각했습니다.

군인들이 "뒤에 계시는 분은 제 어머니가 맞습니다!"라고 외칠 때마다 저는 정말 꺼이꺼이 소리 내어 울었어요. 그게 아마도 저의 뒤늦은 애도였을 겁니다.

"엄마, 나 재원이야! 엄마 외아들!"

훗날 천국에 가면 어머니들이 나와서 커튼 뒤에 있는 제 목소리를 듣고 이렇게 외치는 것을 상상하곤 했어요.

"저 목소리는 제 아들이 맞습니다!"

참 우습죠? 그래도 그런 상상은 저만의 비밀스러운 애도 의식이었어요.

또 이런 상황은 어떨까요? 많은 엄마들이 일렬로 서서 외치는 거예요.

"아들아, 어서 오너라!"

그 소리를 듣고 제가 엄마를 찾아가는 거죠. 내가 기억하는 엄마의 얼굴과 목소리를 더듬으면서 말이죠. 저는 조심스럽게 어머니들의 얼굴을 살피며 한 발짝 한 발짝 다가갑니다. 그리고 우리 엄마가 확실하다고 생각하면 손을 잡고 이렇게 말합니다.

"엄마? 우리 엄마 맞지?"

나는 그런 순간을 항상 기다렸어요. 내가 엄마 없이도 잘 자라서 당당하게 말하려고 했어요. 그리고 분명히 엄마를 금방 찾을 거라고 자신 있게 생각했죠.

그런데 말이죠, 언젠가부터 엄마 목소리가 기억나질 않아요. 분명히 알 듯한데, 만약 목소리만 들린다면 엄마를 못 알아볼지도 몰라요. 게다가 이제는 엄마의 얼굴마저도 흐릿해졌어요. 사진을 찾아서 지워지는 기억을 채워야 하죠.

예전에 엄마가 영어 공부를 도와주려고 녹음해 놓은 테이프가 있었는데, 글쎄 철없는 제가 음악을 녹음한다고 다 지워버렸지 뭐예요? 이젠 엄마의 목소리가 그리워도 들을 수가 없어요. 지금 세대들은 영상을 남길 수 있어서 좋겠지만, 우리 부모 세대는 그런 게 없었으니까요. 여러분도 어머니 아버지에게 물어보세요.

"엄마는 엄마의 엄마 얼굴이 기억나요? 아빠는 아빠의 엄마 목소리가 기억나요?"

〈마마〉라는 드라마가 있었어요. 시한부 선고를 받은 송윤아 배우가 아들을 두고 떠나야 하는 모성과 사랑을 그린 드라마였죠. 아직 어린 아들 '그루'를 두고 떠나야 하는 엄마의 연기를 눈물 나게 해서 이 땅의 모든 엄마가 슬퍼했죠. 마지막 회가 끝나고 엄마들이 모인 자리에서 강의를 했던 적이 있어요. 그때 제가 이런 이야기를 했죠.

"송윤아 배우가 두고 떠난 그루가 이렇게 잘 자랐습니다. 저도 열세 살 때 엄마가 간암으로 떠나셨거든요. 여러 어른들이 응원해 준 덕분입니다. 이 땅의 엄마 없는 그루, 아빠 없는 그루도 아주 잘 자라고 있을 겁니다. 한 부모 가족들을 많이 응원해 주세요."

엄마가 가슴 사무치게 보고 싶습니다.

아무리 사진을 봐도 엄마의 목소리가 기억나지 않는 것은 하늘로 간 엄마가 휴가 한 번 나오지 않는 까닭입니다.

가끔 이런 목소리를 듣습니다.

"그래, 잘 자라줘서 고맙다. 내 아들, 엄마 없이도 잘 자랐구나."

오늘 밤은 제발 엄마가 꿈에 다녀가셨으면 좋겠습니다.

"내 곁에는 엄마가 없었어도, 내 마음에는 늘 엄마가 계셨어요. 사랑해요, 엄마."

엄마를 잃으신 분들이 있다면, 제대로 된 애도의 시간을 가졌으면 좋겠습니다. 그렇지 않으면 미처 해결되지 않은 감정이 다른 사람과의 관계에 영향을 줍니다. 그러니 엄마와 제대로 이별하세요.

엄마의 마음을 헤아리지 못했습니다

인생을 구성하는 두 단어가 '만남'과 '관계'라면 헤어짐 또한 피해갈 수 없습니다. 작별은 준비된 작별과 준비하지 못한 작별로 나뉘죠.

2024년 노벨문학상을 수상한 한강의 단편소설 〈작별〉의 주인공은 남편과 이혼하고 혼자 고등학생 아들을 키웁니다. 어느 겨울날 공원 벤치에서 가난하고 젊은 남자 친구를 기다리다 잠깐 잠이 들었는데, 문득 깨어나 보니 자신이 눈사람으로 변해 있습니다. 주인공이 벌레로 변하는 카프카의 《변신》을 떠올리게 합니다.

눈사람이 된 그녀를 보고 깜짝 놀란 남자 친구는 어

떻게든 여자 친구를 위로하려고 합니다. 하지만 그의 따뜻한 온기를 느낄수록 그녀는 더 빨리 녹아가는 자신을 발견합니다. 밥을 먹으러 식당에 들어갈 수도 없고, 남자의 손을 잡을 수도 없고, 집에 돌아갈 수도 없다는 사실을 알게 된 주인공은 천천히 세상과의 작별을 준비합니다.

부모님께 전화를 걸어 다정하게 안부를 묻습니다. 전남편을 도저히 믿을 수 없어 남동생한테 전화를 걸어 혼자 남게 될 아들을 돌봐달라고 부탁합니다. 급기야 아들을 집 앞으로 불러내 눈사람이 된 자신을 보여줍니다.

열세 살 때 어머니를 여읜 저는 이 대목에서 뭉클하니 그 시절이 떠올랐습니다. 저는 그동안 어린 나이에 어머니를 잃은 아들의 심정만을 품은 채 살아왔습니다.

어린 아들을 두고 떠나야 하는 엄마의 마음은
얼마나 힘들었을지 헤아리지 못했습니다.

암을 선고받고 투병하던 석 달 동안, 어쩌면 엄마와

저는 충분히 작별하지 못했던 모양입니다. 40년이 넘은 지금도 그 슬픔의 응어리가 마음 한쪽에 오래도록 남아 있으니 말입니다.

주인공은 이미 많이 녹은 자기 모습을 보며, 아들에게 마지막 당부를 이어갑니다. 엄마에게 편의점 냉장고에라도 들어가자고 하는 아들의 애틋함을 뒤로하고 세상과 차근차근 작별하던 주인공은 문득 자신의 삶을 생각합니다. 자신의 삶이라고 불렸던 그 수십 년을 돌아보며 억울해하지 않고 후회하지도 않습니다. 그녀는 운명을 사랑으로 받아들입니다.

결국 우리는 언젠가 이렇게 사랑하는 가족과도, 자기 자신과도 작별해야 합니다. 그 작별을 충분히 준비한다면, 슬픔의 깊이는 깊어질지라도 상처는 훨씬 작아질 것입니다.

미국 소설가 리처드 포드가 한 방송 인터뷰에서 이런 말을 했습니다.

"슬픔은 일상의 한 단면일 뿐이지만 충분한 애도를 통해 다스리면 평범함 속에서도 위대함이 나올 것이다."

아픔의 표현

이혼, 외도, 장애, 사망.
웬만하면 이런 단어는 사용하지 않습니다.
이런저런 이유로 어쩔 수 없이 헤어지신 분,
한때 실수로 다른 사랑을 찾은 사람,
몸이 불편하신 분,
세상을 떠나신 분.
이렇게 말하면 누군가의 아픔을
조금이라도 덜어낼 수 있지 않을까요?
물론 그 아픔을 대신할 수는 없지만요.

엄마와 아빠

아기가 '엄마'를 '아빠'보다 먼저 부르는 것은
엄마는 아팠고, 아빠는 기다렸기 때문입니다.
엄마는 고통을 체험했고,
아빠는 인내를 경험했기 때문입니다.
고통과 인내는 그 열매가 보상합니다.

2장

아버지와 북두팔성

엄마 없는 아이

아버지는 워낙 말수가 적고, 아들도 내성적이라 둘 사이에 대화는 거의 없었습니다. 아버지는 저를 엄격하게 키우느라 자주 혼내곤 하셨습니다. 엄마 대신 그러셨겠죠. 한 번은 얼마나 자주 혼나나 싶어 달력에 표시를 해봤더니 한 달에 열두 번까지 혼난 적도 있습니다.

아버지는 특히 제 생활 태도를 지적했습니다. 이를테면 한 번 깨웠을 때 안 일어나거나, 아침저녁으로 방을 걸레질하라고 시켰는데 그걸 제대로 안 하면 혼이 났죠. 옷 입는 것도 마음에 안 들어 하셨고, 한 번은 등교 시간에 늦었는데 거울을 본다고 혼나기도 했습니다. 물론 가장 많이 혼난 것은 공부를 안 한다는 이유였습니다.

대부분은 아버지 말씀을 잘 따랐고 혼내면 묵묵히 들었습니다만, 저도 못 참을 때가 있었습니다. 그때는 소리 지르면서 대들었죠. 그럴 경우 제가 가장 많이 했던 말이 있습니다.

"그러면 제가 엄마 없는 애처럼 하고 다니면 좋으시겠어요?"

그 소리를 들을 때마다 아버지가 얼마나 힘드셨을까요? 지금은 많이 후회합니다. 아버지는 도시락을 싸주고 살림까지 하면서 엄마 역할을 했는데, 저는 아버지한테 아내 역할을 못 해드렸으니까요. 더욱이 성적마저 떨어지니 화도 많이 나셨겠지요. 물론 그때마다 충분히 혼내셨지만요.

학교에서도 힘든 일이 있었습니다. 지금도 그렇겠지만 예전에도 엄마들로 구성된 학급운영위원회가 있었죠. 학기 초엔 반장 엄마가 공부 좀 하는 애들 집에 전화를 걸어서 말하죠.

"K 엄마, 학급 일 좀 도와주세요."

꼭 그런 전화가 옵니다. 그러면 전화를 받은 아버지가 이렇게 대답하곤 했죠.

"우리 집 아이는 엄마가 없습니다."

당황한 반장 엄마는 "아, 네" 하고 그냥 끊었을 겁니다. 그런 일이 있고 다음 날 학교에 가면 꼭 이런 이야기가 들렸습니다.

"재는 엄마가 없대."

때론 이렇게 직접 물어보는 애도 있었죠.

"너는 엄마 없다면서?"

고등학교 때까지도 그게 참 힘들었습니다. 아이들뿐만 아니라 선생님도 물어보시죠. 심지어 두세 번씩.

설상가상으로 엄마가 돌아가시고 2년쯤 지나 제가 간염에 걸렸습니다. 한 학기 가까이 학교생활을 제대로 못 했죠. 아무래도 누가 돌봐주질 못하니까 쉽게 낫지 않았습니다. 자존감이 낮아지고 혼자 있는 시간도 많아졌습니다. 그래도 교회만큼은 참 편했죠. 교회에서는 제가 엄마 없는 애라는 걸 다 알고 있었으니까요.

한 번은 교회 여름 수련회에 참석했는데, 전도사님

의 설교 중 귀가 번쩍 뜨이는 말씀이 있었습니다.

"예수님을 마음에 영접하면 하나님의 자녀가 되는 특권을 얻을 수 있습니다."

물론 예전에도 비슷한 얘길 몇 번 들었지만, 그날따라 이 말씀이 아주 새롭게 다가왔습니다.

"하나님은 세상과 사람을 창조하셨습니다. 사람이 죄를 지어 하나님과 멀어졌고, 하나님은 우리를 용서하기 위해 외아들을 십자가에 매달으셨습니다. 다시 살아나신 예수님을 믿기만 하면 우리는 하나님의 자녀가 될 수 있습니다."

말 그대로 내게는 기쁜 소식이었죠. 엄마 없는 나는 그 시간 이후로 예수님을 마음에 모시고 하나님의 자녀가 되었습니다.

교회가 없었으면 저는 비뚤어졌을 겁니다. 가치관, 목적, 비전, 신앙, 인생의 많은 궁금증에 대해 교회에서 해답을 얻었으니까요. 그 시절을 생각하면 참 감사하다는 마음이 절로 듭니다.

아버지가
그랬던 것처럼

"따르릉 따르릉……."

전화 소리가 유난히 날카롭게 들립니다. 또 누군가 시차를 잘못 계산한 모양입니다. 머리맡 시계가 4시를 가리키고 있습니다. 잠든 지 겨우 한 시간밖에 지나지 않았습니다. 중간고사 준비를 하느라 조금 전 3시까지 책상 앞에 앉아 있었죠. 아내는 전화벨 소리를 못 듣는 모양입니다. 포기하지 않는 소리에 마루로 나가 전화를 받습니다.

"아버지다."

"아, 네. 아빠."

아버지는 미국 유학 중인 아들에게 먼저 전화를 건 적이 없습니다. 제가 늘 주일 아침 시간에 맞춰 전화를 드리곤 했습니다. 문득 불길한 생각이 들었습니다.

"내가 좀 많이 아프구나. 아무래도 네가 들어와서 장례식을 치르고 가야겠다."

"아빠, 어디가 어떻게 아프신데요?"

"……."

"아빠, 아빠, 아빠?"

몇 번을 불러도 아버지는 말이 없습니다. 전화를 끊고 다시 걸었습니다. 통화 중 신호가 나옵니다. 수화기를 올려놓지 못한 채 쓰러지신 걸까? 자고 있던 아내가 어느새 문 앞에 서 있습니다. 내 얼굴에서 죽음의 생각을 읽었을까 봐 겁이 났습니다.

"전화번호 수첩 좀 갖다줄래?"

서울은 저녁 시간입니다. 어제 후배로부터 며칠 전 아버지를 찾아뵀다는 전화가 왔었습니다. 그때만 해도 아무 얘기 없었는데……. 수첩을 뒤져 그 후배에게 전화를 걸었습니다. 아버지가 쓰러지신 것 같으니 얼른 집에 좀 가봐 달라고 부탁했습니다. 사촌 형님과 친한 친구한테도 알렸습니다.

장인어른에게도 전화를 드렸습니다. 항공사에 전화를 걸어 급히 서울 가는 표를 알아봤습니다. 하지만 너무 이른 시각이었습니다. 무조건 공항으로 가기로 했습니다. 옆집 사는 유학생 부부를 깨워 미안하지만 두 시간가량 떨어진 잭슨 공항까지 태워달라고 부탁했습니다. 30분 후에 만나기로 하고, 아내와 함께 얼른 짐을 챙겼습니다. 캐리어에 옷을 몇 벌 챙긴 다음 집을 나서려다 짙은 감색 양복도 넣었습니다. 넉 달 전 결혼식 때 입은 옷입니다.

공항에서 LA로 가는 가장 빠른 비행기를 탔습니다. 두 번의 긴 비행을 하는 동안, 아버지와 함께한 28년이 영화처럼 지나갔습니다. 미시시피를 떠난 지 하루 만에 김포공항에 도착했습니다.

공항에서 아버지가 가야병원, 삼성병원을 거쳐 경희대 한방병원에 계신 것을 확인했습니다. 병원에서는 후배가 큰 눈물로 나를 맞이했습니다. 병실 복도엔 장인어른이 서 계셨습니다. 침대에 누운 아버지가 두 팔을 벌렸습니다. 나는 그때 어른이 되고 처음 아버지를 안았습니다. 아버지는 중풍 병자였고, 나는 중풍 병자의 외아들이 되었습니다.

사촌 누님과 친구가 과천 집에 제일 먼저 도착해 문을 뜯고 들어갔답니다. 아버지는 전화기 옆에 쓰러져 계셨고, 양방 병원에서는 아버지의 입원을 거부했습니다. 겨우 시작한 한방 치료도 기약이 없었습니다.

그렇게 병원에서 먹고 자는 생활을 시작했습니다. 결혼한 지 넉 달밖에 되지 않은 아내는 친정에서 묵기로 했습니다. 장모님은 매일 아내 손에 도시락을 들려 보냈습니다. 장인어른은 출근하듯 병원을 오가셨고요.

나는 기저귀를 갈고 목에 달린 호스에 죽을 넣어드렸습니다. 시간이 흐른 뒤에는 걸음마를 가르치고, 말을 가르치고, 밥을 떠 넣어드렸습니다. 28년 전 아버지가 갓 태어난 나에게 그리하셨던 것처럼 말입니다. 그걸 1000분의 1이라도 갚을 수 있어 다행이라고 생각했습니다.

입원실 보조 침대는 184센티미터 청년에게는 너무 작았습니다. 아버지의 기침 소리를 들으며 선잠이 들곤 했죠.

아버지는 나의 환자였습니다. 아버지의 새 삶이 이역만리에 있던 아들을 곁에 둘 수 있게 한 겁니다. 그리고 그해 가을 성수대교가 무너졌습니다.

씨앗이 되기를 바라는 마음

아버지는 6인 병실에 계셨습니다. 아픈 환자들 틈에서 불투명한 미래 때문에 앞이 막막했던 내겐 병실 안 조그만 텔레비전이 유일한 위로였습니다.

병원 보조 침대에 누워 무심코 보고 있던 텔레비전 화면에서 헬기 한 대가 스르르 내려앉았습니다. 문이 열리고 낯익은 얼굴, 손범수 아나운서가 내렸습니다.

"KBS가 21기 신입 사원을 모집합니다. 기자, 프로듀서, 아나운서, 카메라……"

문득 어린 시절 꿈이 떠올랐습니다.

"나도 아나운서나 한번 해볼까."

아주 작은 혼잣말로 무심코 한마디 흘렸습니다. 옆에 있던 아내는 아무 말이 없었습니다. 미처 못 들은 모양입니다.

다음 날, 매일같이 장모님이 싸주신 도시락을 배달하던 아내가 오질 않습니다. 핸드폰도 무선 호출기도 없던 시절입니다. 점심때가 다 되어서 도착한 아내가 누런 봉투를 내밉니다.

"어? 이게 뭐야?"

"해보고 싶었다며? 한번 해봐."

여의도에 들러 KBS 입사 지원서를 받아왔던 겁니다. 그렇게 아내의 권유로 얼떨결에 아나운서 취업 준비생이 됐습니다. 유학 중이던 터라 영어는 자신 있었고 국어, 일반 상식, 종합 교양, 논술 시험을 준비해야 했습니다. 장인어른께서는 매일 신문의 주요 시사 상식을 정리해 도시락과 함께 보내주셨습니다. 아버지 침대 옆에서 틈틈이 공부했습니다. 병실 불이 꺼지면 복도로 나와 보호자 대기석에서 밤을 새웠습니다. 사연을 알게 된 의사와 간호사들도 응원해 주셨습니다. 같은 병실의 환자와 보호자들은 저에게 텔레비전 채

널 선택권을 주셨습니다. 아나운서들의 뉴스 진행을 따라 하며 실기시험을 준비하라는 배려였죠.

혹시 아버지 장례식 때 필요할까 싶어 챙겨 온, 결혼식 때 입었던 양복을 병원 화장실에서 갈아입고 시험을 보러 다녔습니다. 1차 카메라 테스트, 2차 필기시험, 3차 실무 실기, 4차 신체검사, 5차 최종 면접까지 우여곡절 끝에 마쳤고, 마침내 아나운서가 됐습니다. 합격 소식에 같은 병실 식구들은 자기 일처럼 뛸 듯이 기뻐했습니다.

KBS 아나운서로 입사해 혹독한 연수를 끝내고, 1년 동안 지방에서 근무해야 한다는 회사 방침에 따라 춘천으로 발령이 났습니다. 매일 새벽에 출근해 아침 방송을 마치고 이른 오후에 퇴근해 서울로 올라와서는 병원에서 서너 시간 정도 아버지와 함께한 후 다시 막차를 타고 춘천으로 내려가는 일상이 반복됐습니다. 아버지와 병실 식구들은 아나운서가 된 저의 모습을 텔레비전에서 보고 싶어 하셨지만, 지역 방송이라 그럴 수 없어 아쉬워했습니다.

그러던 어느 날, 백혈병으로 고통받는 성덕 바우만

의 이야기가 알려졌습니다. 한국에서 태어나 미국에 입양된 성덕 바우만은 미 공군사관학교에 입학해 멋진 장교를 꿈꾸었습니다. 하지만 4학년 재학 중 심한 현기증과 복통 때문에 검사를 해본 결과, 만성골수성 백혈병CML 진단을 받았습니다.

전도유망하던 청년이 시한부 인생을 살게 됐다는 소식이 전해지자 전국적으로 골수 기증 캠페인이 펼쳐졌습니다. KBS도 전국 각 도시를 연결하는 특별 생방송을 했고, 저는 춘천 명동 중계차를 탔습니다.

무사히 방송을 마치고 퇴근한 그날, 병실 식구들은 마치 제 일인 양 기뻐했습니다. 처음으로 텔레비전에서 제 얼굴을 확인하곤 기대 반 우려 반으로 시청을 했다고 합니다. 그리고 모두 칭찬을 아끼지 않았습니다. 다들 대한민국을 대표하는 아나운서가 될 거라며 제 미래를 축복해 주었습니다. 말씀을 못 하던 아버지도 대견한 아들을 눈물로 격려하셨습니다.

칭찬과 흥분이 다소 가라앉을 무렵, 병실 창가 쪽 침대에 있던 중년의 환자가 저를 불렀습니다. 사고로 두 다리를 잃고 의족을 한 후 재활 훈련을 하는 분이었습니다.

"재원 씨, 수고했소. 화면을 잘 받더군. 말솜씨도 수려하고, 아주 잘했소. 그런데 골수 기증은 했소?"

"네? 아, 골수 기증요? 아, 아직 안 했습니다."

"여유가 없었던 모양이군. 그러면 혹시 헌혈은 했소?"

"그게…… 미처. 제 생각이 짧았네요."

"아, 그랬군. 방송을 하도 잘하기에 당연히 했거니 싶어서 물어본 거요. 신경 쓰지 마시오."

다소 들떠 있던 나는 망치로 머리를 한 대 얻어맞은 것처럼 큰 충격을 받았습니다. 이 땅에서 고통받는 수많은 백혈병 환자를 위해 골수 기증을 하라고 외쳤건만 부끄럽게도 알맹이 없는 빈말만 하고 있었던 겁니다.

행동 없는 믿음보다 무섭고 초라한 설득. 나의 자신감 넘치는 외침은 허공의 메아리처럼 의미 없이 그렇게 사라져버렸습니다.

병실을 나와 춘천으로 가는 마지막 기차 안에서, 앞으로 평생 잡게 될 마이크에 대해 많은 생각을 했습니다. 그런 생각은 나의 방송 인생을 받쳐주는 든든한 버

팀목이 될 터였습니다. 한편으론 불과 입사 수개월 만에 이런 경험을 한 것이 그렇게 고마울 수 없었습니다.

저는 그때부터 1년에 네댓 번씩 헌혈에 동참합니다. 물론 골수 기증 신청도 했습니다. 어려운 이웃을 돕기 위한 특별 생방송을 할 때는 하다못해 만 원짜리 한 장이라도 모금함에 넣습니다. 〈아침마당〉에 좋은 일을 하는 분이 출연하면 얇은 봉투를 건네기도 합니다. 방송에서 한 저의 말이 작은 씨앗이 되길 바라면서요.

한마디 말이 누군가의 생각을 바꾸고 태도를 바꾸고 삶을 바꾼다면, 그 말은 열매를 맺은 씨앗입니다. 그리고 그 열매는 선한 영향력을 발휘하며 성장합니다. 이렇듯 말은 행동으로 나타나야 합니다. 말이 삶이 될 때 비로소 그 말은 진짜 힘을 갖게 됩니다.

매일 〈아침마당〉을 통해 만나는 사람들이 저의 몇 마디 격려와 위로를 통해 꽉 찬 알맹이를 느끼고, 무엇인가를 가져갈 수 있길 바랍니다. 그리고 이를 지켜보는 시청자에게도 그런 마음이 전해지길 바랄 뿐입니다.

아버지와
북두팔성

"아버님이 돌아가셨어."

아내였습니다.

"알았어, 곧 갈게."

차분히 옷을 갈아입었습니다. 올 일이 온 것뿐이었습니다. 행정반에서 휴가 처리를 했습니다. 담당 부장에게 부고를 알렸습니다. 당시 진행하던 라디오 프로그램 피디에게도 부재를 통보했습니다. 〈아침마당〉 사무실에 올라가 내일부터는 임시 진행을 할 수 없다고 말했습니다.

차분하게 차에 올라탔습니다. 파란색 프라이드 왜건

을 몰며 파천교를 넘어서는 순간, 눈물이 폭포수처럼 터졌습니다. 아버지의 인생이 마음에 꽉 들어찼습니다. 하염없이 흐르는 눈물이 옷까지 적셨습니다. 아버지의 휠체어는 늘 내 파란색 프라이드 왜건의 넓은 트렁크에 실려 있었습니다.

아들 내외를 미국에 보내고 홀로 지내다 쓰러진 아버지는 침대를 벗어나지 못했습니다. 급히 귀국한 아들과 며느리의 병간호를 받았습니다. 그 후로 아버지는 아들의 아들이 되었습니다. 기저귀, 밥 한술, 걸음마, 말 한마디도 아들 없이는 할 수 없었죠.

유학을 포기한 아들은 곧 아나운서가 되었습니다. 아버지는 긴 눈물로 축하해 주었고요. 출근해야 하는 아들은 코소보 선교사를 준비하는 친한 친구를 병실에 데려다놨습니다. 아버지가 간병인을 마다했기 때문입니다. 아들은 퇴근 후 다음 날 출근 전까지 아버지 곁을 지켰습니다. 하지만 그 아들은 석 달 후 춘천으로 발령이 났습니다.

아버지는 한사코 마다하던 간병인을 받아들일 수밖

에 없었죠. 며느리는 그래도 매일 병실을 찾았습니다. 아들은 새벽 근무를 하며 매일 오후 4시에 병실에 들렀다가 저녁 8시 30분에 병원을 나서 경춘선 막차를 탔습니다. 며느리는 일주일에 한 번 남편을 따라 춘천으로 갔다가 다음 날 함께 올라오곤 했습니다.

아들이 서울로 다시 발령받고, 아버지도 퇴원했습니다. 집 안방에 병원 침대를 들이고, 걷기 연습에 필요한 운동기구도 주문 제작해서 설치했습니다. 이윽고 손자가 태어나고, 그렇게 또 다른 행복이 이어졌습니다.

"항상 건강하게 지내십시오."

아들은 프로그램 진행 마무리를 할 때 늘 같은 말로 집에 계실 아버지를 생각하며 이렇게 말했습니다. 텔레비전을 보며 아들의 인사를 들은 아버지는 매일 울었다지요. 아버지는 아들이 텔레비전 속에 있을 때 돌아가셨습니다. 서른세 살 아들은 그렇게 하늘 아래 부모 형제 없는 고아가 됐죠.

히말라야의 밤하늘이 생각납니다.

별똥별이 올라갑니다. 하늘에 포물선이 그어집니다.

히말라야에서 허락한 별자리가 보입니다. 은하수 물결도 충만합니다. 중학교 과학 괘도만큼이나 선명한 별자리입니다. 북두칠성일까요? 남두육성일까요? 문득 정호승 시인의 〈북두팔성〉이 떠오릅니다.

> 아빠, 왜 북두칠성이야?
> 별이 일곱 개니까.
> 그럼 내가 별이 되면?
> 그야 북두팔성이지.

오늘은 누가 별이 된 걸까요? 북두칠성이 원래는 북두팔성이었다네요. 아기의 탄생은 남두육성이, 사람의 죽음은 북두칠성이 관장한다던데, 히말라야 하늘로 오르는 별똥별을 보고 아버지 생각이 났습니다.

아버지는 제가 밖에 있을 때 돌아가셨습니다. 엄마는 제가 방에서 잠시 잠들었을 때 돌아가셨고요. 그래서 저는 집을 떠날 때면 늘 식구들 걱정을 합니다.

슬픔의 상처는 어느덧 별이 되었습니다.

그 별에는 아버지와 어머니가 사십니다.

오늘따라 별이 유난히 밝습니다.

그 별이 40년 넘게

내 삶을 비춰줄 줄은 몰랐습니다.

마음으로
마음을 듣습니다

순진한 사람은 다른 사람들이
자신처럼 행동할 것이라고 착각합니다.
순수한 사람은 다른 사람들이
자신처럼 행동하지 않는다고 화를 냅니다.
믿음은 마음에서 만들어지고
오해는 머리에서 만들어집니다.
마음으로 마음을 듣습니다.

자전거와 아버지

자전거를 처음 가르쳐준 사람은 아버지였습니다. 동부이촌동 민영 아파트 공터에서 빨간색 바나나 자전거로 균형 잡기를 연습했습니다. 초등학교 1학년 때였습니다. 자주 넘어졌습니다. 네발자전거를 벗어나는 것은 큰 도전이었죠. 아버지는 애써 참는 표정이 역력했습니다. 페달을 확확 밟지 못하는 겁 많은 아들이 얼마나 한심했을까요? 다행히 아버지가 폭발하시기 전에 균형점을 찾았습니다.

"바퀴가 굴러가면 너는 넘어지지 않아."

아버지가 주신 교훈입니다.

인생은 때론 자전거 같습니다.
넘어진 자리에 머물지만 않아도
앞으로 나아갈 수 있으니까요.
어쩌면 인생의 고비는
페달을 밟지 않고 있을 때가 아닐까요?

아버지의 마음

"허리를 꼿꼿하게 펴고 앉아라."

아버지는 어려서부터 저의 뿌리를 키우고 싶으셨던 모양입니다. 줄기를 세우고 싶으셨던 모양입니다.

"어깨를 펴고 걸어라."

큰 키가 부담스러웠던 저는 구부정하게 걷는 습관이 있었습니다. 아버지는 그 모습을 못마땅해하셨죠.

"허리 펴고 앉아라" "어깨 펴고 걸어라" "턱 괴지 말아라" "점퍼 앞 단추를 잠가라". 아버지가 늘 하셨던 말씀입니다. 잔소리로만 들렸던 그 말들이 제 인생에 꼭 필요한 것이었음을 방송을 시작하고 깨달았습니다.

"허리를 펴고 앉으셔야 해요" "어깨를 펴야 옷태가 나요" "사진 찍을 때는 턱을 당기세요" "양복 단추는 적어도 하나는 잠가야 해요".

제 스타일리스트가 늘 하는 말입니다. 아버지가 하시던 말씀 그대로죠. 어디 그뿐이겠습니까. 그건 제가 아들한테 하는 말이기도 합니다.

'아들, 제발 아빠를 닮지 말아다오.'

아들이 아빠를 닮는 것은 당연한 이치입니다.

아빠가 되면 그 아빠의 말을 그대로 닮습니다.

파도가 바다에
제 몸을 맡기듯

저는 지금 물 위에 누워 있습니다.

하늘을 천장 삼아 손은 물을 헤치고, 발은 물을 차밀고 있습니다. 저는 머리 위 방향으로 진행합니다. 물속에서 음악이 들립니다. 물 밖에서 듣던 음악의 반주 느낌입니다. 물속에는 음향 채널 두 개만 켜놓은 모양입니다.

하늘은 여전히 파랗습니다. 구름은 여전히 흘러갑니다. 나도 구름을 따라 물 위를 흐릅니다. 물에 내 몸을 맡깁니다. 마음은 하늘에 맡깁니다. 이렇게 편안할 수가 없습니다.

생각한테 침묵하라고 명령했습니다. 시계한테 사라지라고 지시했습니다. 말은 더 이상 필요 없습니다. 당분간 이렇게 있기로 했습니다. 몸은 물에 맡기고, 마음은 하늘에 맡긴 채 말입니다.

아마 물을 떠나면 몸은 땅에 맡겨야 할 것입니다. 아무리 멍 때리고 바라봐도 하늘은 아무것도 가르쳐주지 않습니다. 그래서 더욱 마음에 듭니다. 나에게 잔소리하지 않는 그 하늘에 나를 맡기기로 했습니다.

제가 걸어갈 때 그게 길이 되고, 살아갈 때 그게 삶이 된다는 걸 저는 알고 있습니다. 구름은 자신을 하늘에 맡기고 흘러갑니다. 나무는 자신을 산에 맡기고, 파도는 자신을 바다에 맡깁니다. 양은 목동에게 자신을 맡깁니다.

험한 바위산을 넘었더니 쉴 만한 물가, 푸른 초장이 눈앞에 보입니다. 참 좋습니다.

책을 펼쳐 들고 커피를 마십니다.

햇살도 파랗습니다.

햇살에 제 몸을 맡깁니다.

분노를
마포대교에 버리다

꽤 오래전, 5년 동안 진행하던 〈아침마당〉에서 갑자기 하차 통보를 받았습니다. 누구도 이유를 설명해 주지 않아 당황스러웠지만 받아들일 수밖에 없었죠. 인생을 살다 보면 이해할 수 없는 일이 가끔 일어나지요. 마지막 방송 날, 20초 정도 짧은 인사만 하고 꽃다발도 받지 않은 채 끝내기로 제작진과 합의했습니다.

그날의 주제는 '내 인생의 보물'이었습니다. 끝날 무렵, 여성 MC가 약속을 깨고 자기 인생의 보물이 저였다고 말하는 겁니다. 당황했습니다. 한편으론 화가 나기도 했습니다. 결국 끝인사를 하고 스튜디오 중앙으로 나가 큰절을 올린 후 혼자 그곳을 빠져나왔습니다. 급히 귀에 꽂은 이어폰을 빼는 장면이 카메라에 잡혔습니다(그게 마치 제가 화를 내는 것처럼 보였다는 얘길 나중에 들었습니다). 제 마지막 방송을 위로하기 위해 찾아온 사람들을 뒤로하고, 다른 스튜디오로 숨어들어 한동안 시간을 보냈습니다. 그냥 순리를 따르기로 했습니다. 어느 간부한테도 억울함을 토로하지 않았습니다.

사실 마지막 생방송 때 출연한 정신건강의학과 교수님한테 이렇게 물어보긴 했습니다.

"제가 지금 황당한 일을 당했습니다. 이 책임을 나 자신에게 돌릴까요, 남에게 돌릴까요?"

"남에게 돌리세요."

"분노를 여러 사람에게 분산시킬까요, 한 사람에게 몰아줄까요?"

"한 사람에게 몰아주세요."

"요즘 사람들을 만나면 자꾸 그 일에 대해 물어봅니다. 자연히 안 좋은 이야기를 하게 되죠. 두 달가량 식사 약속도 안 하고 사람들을 피할 생각입니다. 바람직한가요?"

"좋은 방법입니다. 분노가 잦아든 다음에 서서히 만나세요."

얼마 후, 제가 하차했다는 소식을 들은 한 상담학 교수님께서 연락을 주셨습니다.

"힘들겠네요. 이런저런 소리도 많이 들을 테고. 양궁장에서 활 쏘는 선수들을 생각해 보세요. 야유도, 환호도 아랑곳하지 않고 활만 쏘잖아요. 재원 씨도 그냥 활만 쏘세요. 많이 쏜 만큼 과녁에 잘 맞을 겁니다."

저는 혼자 활 쏘는 방법을 택했습니다. 분노의 대상은 확연했습니다. 걸어서 출퇴근하는 마포대교 위에서 분노를 표출했습니다. 혼자 말하고, 따지고, 욕했습니다. 그 분노를 한강 물에 흘려보냈습니다. 그리고 시간이 지나 지금은 그 분노의 대상이 내 인생에서 희미해졌습니다.

만약 직접 만나서 분노를 터뜨렸다면 2차 갈등이 있었을 겁니다. 혼자 해결하고 나니 상처가 점점 작아졌습니다. 흉터는 남아 있지만 더 이상 아프지는 않습니다. 저는 오늘도 그냥 활을 쏘고 있습니다.

조르바의 가르침

"김재원 아나운서? 나 최일도 목삽니다."

"아, 네, 목사님. 안녕하세요? 잘 지내시죠?"

"방금 엘리베이터에서 내렸죠? 뒷모습이 유난히 쓸쓸해 보여서 가다가 돌아왔어요."

"어디 계세요, 목사님? 제가 내려갈게요."

예상치 못한 전화를 받고 한걸음에 뛰어 내려가 목사님을 만났습니다.

"〈아침마당〉에서 안 보이기에 기도 많이 했어요. 얼마나 힘들까 싶어서."

"아, 네, 목사님. 감사합니다. 한동안 울적했는데, 이

제 다 털어버렸어요."

"엘리베이터에서 사람들하고 눈도 안 마주치고 타고 내리는 게 안쓰러워 보이더군요."

"프로그램 하차 후 이런저런 얘길 물어보는 사람이 하도 많아서 그냥 그렇게 다녀요."

목사님의 중보기도 소식에 가슴이 뭉클했습니다. 갑작스러운 신변의 변화에 한동안 힘들었던 마음이 녹는 듯했습니다. 저에 대한 관심과 염려가 그대로 느껴졌습니다.

"라디오 녹음하러 왔어요. 책을 소개해 달라기에 《그리스인 조르바》 읽어주고 갑니다."

"어? 저도 정말 좋아하는 책이에요. 10년 전 그리스 여행을 할 때 읽으면서 눈물을 펑펑 쏟았지요."

"아, 그래요? 이렇게 마음이 통하는군요. 《그리스인 조르바》를 보면서 눈물을 흘렸다니."

2002년 가을, 회사에서 억울한 일을 당하고 휴가를 내서 혼자 배낭여행을 떠났습니다. 그때 무심코 들고 간 책 《그리스인 조르바》는 여행길에 좋은 동행이었죠. 여행하는 동안 스쳐 지나가는 모든 그리스인이 조르바요, 내가 바로 조르바였습니다. 식당에서도 조르바의 음식을 먹었고, 거리에서 듣는 음악도 조르바의 산투르 연주였습니다. 조르바는 내게 마음의 자유를 허락했고, 내면의 또 다른 나와 대화하는 법을 가르쳐 줬습니다. 어쩌면 저는 조르바처럼 살고 싶었던 모양입니다.

"목사님을 뵈니 조르바를 만난 것 같아요."

"재원 형제 삶에 위로가 필요했던 모양이군요."

"목사님께서 저를 위해 기도해 주셨다니, 모든 시름이 다 녹아내리는 것 같습니다. 하나님께서 이렇게 위로하시는구나 싶어요."

"그럼요. 하나님은 누구나 힘들 때 기도를 하게 만드시죠. 우리가 상상도 못 했던 사람들에게조차 말이에요."

짧은 만남이었지만, 저에게는 마치 하나님께서 마련해 주신 시간 같았습니다. 목사님은 우리의 만남이 결코 '우연'이 아니라며 제게 힘을 주셨고, 헤어질 때의 그 뒷모습은 또 다른 여운을 남겼습니다. 그 따뜻했던 위로의 목소리가 며칠 후 라디오에서 조르바로 되살아났습니다.

《그리스인 조르바》를 읽고 해설해 주는 목사님의 아주 특별한 기부가 저만을 위한 것인 듯했습니다. 조르바의 요리를 먹은 것도 아니고, 조르바의 산투르 연주를 들은 것도 아니지만 내 기억은 2002년의 그리스로 돌아갔습니다. 그때 문득 조르바 학교에서 가르쳐 준 인생의 알파벳이 여전히 내 마음 깊은 곳에 자리 잡고 있다는 걸 깨달았습니다.

조르바는 언어의 감옥에 자신을 가두지 않습니다. 하고 싶은 말을 마음껏 털어놓으며 자신의 마음을 이야기합니다. 그렇게 세상의 틀 속에 갇혀 있던 나를 꺼내주었습니다.

조르바는 한 사람 한 사람에게 집중합니다. 그들을 소중히 여기며 사랑합니다. 그렇게 저를 배신하고 떠난 사람조차 보듬게 만들어주었습니다.

조르바는 행복의 조건을 쌓지 않습니다. 그냥 느낌으로 행복을 받아들입니다. 그렇게 제 행복을 다른 사람들에게 나눠주는 법을 가르쳐주었습니다.

조르바는 순간순간 최선을 다하며 자유를 누립니

다. 미래에 연연하지 않고 과거에 얽매이지도 않습니다. 그렇게 지금 여기서 두 발을 꿋꿋하게 딛고 있는 것이 진정한 자유임을 제게 알려주었습니다.

조르바의 가르침은 눌림이 아니라 누림입니다.

조르바가 이야기했듯 요즘은 '말'이 구두에 묻은 진흙처럼 자꾸 잇새에 걸립니다. 이제 잇새에 걸리는 말에서 벗어나 마음을 전하는 자유로운 영혼이 되고 싶습니다. 여러분도 책장에서 《그리스인 조르바》를 꺼내 다시 읽어보세요. 아니면 조르바의 그리스를 여행해 보시든가요.

목사님, 우리 언제 함께 그리스 여행을 떠나볼까요?

열두 번쯤
포기하고 싶은 마음

"한 우물을 파라."

말처럼 쉽지 않은 속담입니다.

한 우물을 파온 사람들을 가끔 인터뷰합니다.

이런 사람들은 파고, 파고, 또 팝니다.

좀 팠다 싶으면 꼭 바위가 나온답니다.

바위가 드러나도 파고, 파고, 또 팝니다.

됐다 싶으면 암반이 버티고 있답니다.

넓고 깊게 파서 암반을 들어냅니다.

파고, 파고, 또 파니 흙탕물이 고이기 시작합니다.

그리고 또 한참을 더 파야 기다리던 우물물이 나옵

니다.

포기하고 싶은 마음을 열두 번쯤 잠재워야

한 우물을 판다는 소리를 듣습니다.

참 대단한 사람들입니다.

혹시 지금 바위에 걸려 지치셨다면

물 한잔 드시고 힘내십시오.

그 물은 그냥 물이 아닙니다.

누군가 참고 견디며 또 참아낸 결과랍니다.

이제 곧 진짜 우물물이 나올 겁니다.

책은
냉장고입니다

책은 나의 일터에 식재료를 제공합니다.

요리사에게 식재료가 절대적인 것처럼, 지식과 지혜와 마음을 요리하는 MC에게 책은 절대적입니다. 방송에서 내가 말하는 소재는 책에서 나옵니다. 책에서 보고 읽은 이야기에 나의 경험을 더합니다.

책은 나의 마음에 양식을 제공합니다.

세상이 나를 힘들게 할 때, 마음은 허기를 느낍니다. 책은 허기진 여행자에게 마음의 양식입니다. 가고 싶은 곳, 만나고 싶은 사람, 하고 싶은 이야기 속으로 나를 안내합니다. 책이 채워준 그 양식은 타인을 위로하는 나의 언어가 됩니다.

책은 나의 머리를 차갑게 만듭니다.

뜨거운 가슴을 따라가다 보면 머리가 미지근해집니다. 그럴 때 책은 차가운 머리로 세상을 바라보게 해줍니다. 사람이 만든 뜨거운 가슴과 책이 만든 차가운 머리의 균형 잡힌 수위 조절. 이것이 나의 말하기 시소입니다.

오늘도 나는 출출한 배를 문지르며 책 냉장고의 문을 엽니다.

낯선 골목
어딘가에서

1989년 해외여행 자유화 이후, 세계 60여 나라를 여행했습니다. 〈도전 지구탐험대〉, 〈세상은 넓다〉 등 여행 프로그램을 진행하게 된 행운과 열정 그리고 캐나다 유학이라는 무모한 도전이 저와 가족을 전에 가보지 못한 곳으로 데려갔습니다.

제가 여행을 좋아하는 이유는 여행지가 주는 낯선 느낌 때문입니다. 낯선 느낌은 나를 새롭게 하고, 평소에는 떠오르지 않는 새로운 생각을 가져다줍니다. 짧은 여행을 끝내고 다시 일상으로 돌아오면, 그 일상 역시 또 다른 낯선 모습으로 다가옵니다. 여행이 삶에 활력을 주는 이유죠.

비단 여행뿐이겠습니까? 낯선 책, 낯선 사람, 낯선 강연, 낯선 골목길조차도 내 삶의 뿌리에 자양분이 될 경험을 제공합니다.

내가 좋아하는 상황에 나를 가두지 말고
낯선 곳을 두려워하지 마십시오.
낯선 경험은 나를 새롭게 만듭니다.
내가 사는 골목을 벗어날 때
새로운 풍경을 마주할 수 있습니다.

6만 개의 별로 집을 짓는다면

대부분 사람은 머릿속에 5만~6만 개의 단어를 저장하고 있다고 합니다. 그 단어 하나하나는 별같이 엄청난 정보와 가능성을 담고 있습니다. 그리고 하나하나의 별은 커다란 그물 안에서 서로 손을 잡고 있습니다. 6만 개의 별이 잘 엮이면 수십만 개의 문장이 되어 사람의 마음에 등불을 밝힙니다.

건축 현장에서 일하는 사람들에게 물었습니다.

"당신은 무엇을 하고 있습니까?"

한 사람이 대답했습니다.

"벽돌을 쌓고 있습니다."

옆 사람이 말했습니다.

"벽을 만들고 있습니다."

다른 사람이 대답했습니다.

"아름다운 집을 짓고 있답니다."

6만 개의 별로 벽돌을 쌓으시겠습니까?

벽을 만드시겠습니까?

아름다운 집을 지으시겠습니까?

우리는 정성과 심혈을 기울여서 무엇인가 만드는 작업을 할 때 '짓다'라는 동사를 씁니다. "집을 짓다" "옷을 짓다" "밭을 짓다" "농사를 짓다" "글을 짓다" 등입니다. 하지만 아무 일에나 '짓다'를 붙이지는 않죠.

아마도 의식주 같은, 삶에 꼭 필요한 일이나 신성한 작업에만 붙이는 것 같습니다. 이제 내 마음 안에 있는 6만 개의 별로 정성스레 말을 짓고 싶습니다.

아빠와의
제주도 여행

아빠는 뇌경색 발병 이후, 늘 침대에 누워 지내셨습니다. 꼬박 6년 세월이었습니다. 그래도 아빠는 다시 일어날 희망을 놓지 않으셨습니다.

"재원아, 아빠가 다 나으면 함께 제주도 가자."

언어 장애로 문장도 제대로 못 만드셨지만 텔레비전에서 제주도 여행 장면이라도 나올라치면 어눌한 말투로 이 말씀만은 똑바로 하셨습니다. 아들과의 여행이 그토록 하고 싶으셨던 거겠죠.

"알겠어요. 근데 이래서 제주도를 어떻게 가요? 얼른 나으려면 운동부터 하세요."

아들도 그러겠다고 답했지만, 아빠만큼의 희망은 갖지 않았습니다. 사실 거의 없었죠.

끝내 가지 못한 제주도 여행은 아쉬운 기억으로 남았습니다. 휠체어를 타고라도 갈 걸 그랬습니다. 아쉬운 기억을 따뜻한 추억으로 바꿀 걸 그랬습니다. 누워만 있는 아빠의 희망 섞인 말 한마디에 희망을 더 많이 얹어서 답할 걸 그랬습니다.

아빠가 이렇게 그리울 줄 알았다면
더 많은 추억을 만들 걸 그랬습니다.
미처 하지 못한 애도가 저로 하여금
아버지를 놓아드리지 못하게 합니다.
이 글을 애도 삼아 아빠를 보내드립니다.

인생 훈련 학교

경복궁역에서 내려 맹학교까지 걸어가는 자하문길은 가깝지 않습니다. 예전엔 매주 한 번씩 그 길을 오른 적이 있습니다. 약속 시간에 자주 늦어서 비지땀을 흘리곤 했습니다. 그렇게 들어선 식당 안쪽에 그녀는 항상 먼저 나와 다소곳이 앉아 있었죠. 지각의 민망함을 얼른 감추고 나는 서둘러 책부터 펼쳤습니다. 그래도 그녀는 엷은 미소로 나를 반겨주었습니다.

대학 시절, 국립맹학교 과외 자원봉사는 특수교육을 전공하던 후배의 부탁으로 시작했습니다. 기꺼이 자청한 일이었지만 어려운 형편에 피할 수 없는 아르바이트며, 장학금을 위한 공부며, 놓치고 싶지 않은 동아리 활동까지 욕심 많은 청춘이었기에 '봉사'라는 아름다운 이름은 늘 뒤로 밀리기 일쑤였습니다.

나는 그다지 좋은 선생님이 아니었습니다. 게다가 수학과 과학은 버겁기까지 했죠. 시각장애인인 그녀는 수학 풀이 과정을 점자로 찍으면 종이를 뒤집어 읽어야 했죠. 그래서 모든 과정을 생각으로만 풀어야 했습니다. 참고서에 나오는 알록달록한 그림과 도표도 누군가 말로 해주지 않으면 그림의 떡이었죠. 나는 그저 글자를 열심히 읽고, 그림을 자세히 설명했을 뿐입니다. 그녀에겐 글자나 그림이 아닌 소리가 필요했거든요.

그 시절 그림과 글자를 소리로 바꾸는 연습은 지금의 내 직업을 위한 훌륭한 훈련이었습니다. 더욱이 상대의 마음과 필요를 헤아리는 일이기도 했습니다. 결국 1년도 다 못 채우고 그만두게 되어 마음 한쪽에 늘 미안함이 남아 있지만요.

그때만 해도 나는 내가 뭔가를 베푼다고 생각했습니다. 바쁜데 짬을 냈고, 지식을 보탰고, 두 시간을 온

전히 투자했으니까요. '자원봉사'라는 아름다운 이름은 내가 누려도 될 만한 것이었습니다. 하지만 그녀에게 난 허세로 똘똘 뭉친, 그다지 성실하지 않은 선생이었을 겁니다.

그 후 아나운서가 됐습니다. 돌아보니 나는 살아오면서 내내 아나운서로 성장하는 훈련을 받고 있었습니다. 교회 중고등부 총무로 3년을 지내며, 매주 수백 명 앞에서 마이크를 들고 무대 적응 훈련을 했습니다. 맹학교 과외 자원봉사는 표현력 훈련이었고, 선교 단체에서 《성경》 통독사로 일한 건 발음 훈련이었습니다. 농촌 어르신들의 발을 주물러드리고 복음을 전하는 일은 마음을 읽는 훈련이었고요. 그렇게 인생 훈련 학교는 나를 아나운서로 만들어주었습니다.

This is Korea

여행은 학교입니다.

학교에서 배우지 못하는 많은 것을 삶에서 배우는 것처럼, 일상에서 배우지 못하는 많은 것을 여행에서 배웁니다. 공항은 여행 학교의 교문입니다. 특히 공항에서 만난 사람들이 그 학교의 인상을 결정합니다.

2002년, 월드컵이 끝나고 혼자 그리스 배낭여행을 떠났습니다. 런던을 경유해 새벽 3시 40분에 도착한 아테네 공항은 한산했습니다. 모든 승객이 짐을 찾아가고 한참이 지나도록 내 배낭이 보이지 않았습니다.

여기저기 물어봤지만 기다리라는 퉁명한 말뿐입니다. 다음 대책을 세울 무렵, 배낭이 보였습니다. 혹시나 해서 뒤져보니 배낭 속에 고이 모셔둔 귀중품이 없었습니다. 애당초 들고 타려다 갑자기 마음을 바꿨기에 더 속상했습니다. 마침 경찰이 보이기에 사정을 하소연했습니다. 그의 답이 의외로 간단하더군요.

"This is Greece."

2005년, 캐나다 유학 중 가족과 함께 쿠바를 찾았습니다. 역시 짐이 늦게 나왔고, 꺼림칙한 느낌은 이내 들어맞았습니다. 가방 깊숙이 있던 안경과 카메라가 없습니다. 공항 직원에게 말해봤지만 웃음 섞인 답변뿐입니다.

"This is Cuba."

이렇게 구겨진 쿠바의 첫인상은 일주일 동안의 여행으로 활짝 펴졌습니다. 공항 출국 심사를 받으면서 쿠바 스탬프를 찍어달라고 했습니다. 담당자는 웃으며 쿠바 스탬프가 있으면 미국에 들어가기 힘들 텐데 괜찮겠느냐고 말했습니다. 나는 괜찮다며 미국에 안

가면 그만이라고 대답했죠. 그러자 담당자가 환한 웃음으로 선명한 도장을 찍으며 외쳤습니다.

"This is Cuba!"

밴쿠버 유학 중에는 국경을 통해 미국을 자주 드나들었습니다. 한 번은 시애틀 공항에 도착한 지인을 마중 나갔다가 국경에서 무작위 수색에 걸렸습니다. 아무런 고지도 없이 운전석에 앉은 채 붉은 경광등을 따라가야 했습니다. 그들은 나를 차에서 내리게 한 다음 기다리라고 했습니다. 40분이 지나서야 돌아간 차 내부는 뒤진 흔적이 역력했습니다. 하지만 그들은 아무 말도 하지 않았습니다. 최소한의 설명을 요구하자 한마디로 이렇게 정리했습니다.

"This is United States."

2008년, 캐나다 유학을 마치고 귀국하던 길에 들른 이집트. 여행사와 현지인들에게 크고 작은 사기를 당한 터라 얼른 이집트를 벗어나고 싶었습니다. 좁고 붐비는 카이로 공항 검색대에 세 식구의 여권을 내밀었습니다. 그런데 내 여권에 문제가 있다며 기다리라고 했습니다. 담당자는 내 여권을 다른 직원들에게 돌렸습니다. 나는 기다리라는 지시를 무시하고 여권을 끈질기게 따라다녔죠. 문제가 있다던 여권은 컴퓨터 조회 한 번 없이 여기저기 돌아다니다 20여 분 만에 내 손으로 돌아왔습니다. 나의 짧은 항의에 담당자가 웃으며 답하더군요.

"This is Egypt."

그들은 '여기는 이런 나라'라며 그냥 이해하라고 말합니다. 오랜 시간이 흐른 지금도 나는 그들의 나라를 그때의 감정 그대로 정의합니다. 그 느낌 충분히 아니까요. 오늘도 많은 여행객이 한국을 오가며 이렇게 말할까 봐 겁이 납니다. 아니, 공항 직원 중 누군가 이렇게 말했을까 봐 겁이 납니다.

"This is Korea."

이 문장이 그저 좋은 의미로만 남아 있길 바랄 뿐입니다.

3장

우리가 하는 말이 백김치 같았으면

내 마음을 먼저 말하세요

리처드 할아버지는 모처럼 방문한 처제를 대접하기 위해 빵을 굽습니다. 빵 굽는 냄새가 집 안을 휘감습니다. 아내가 세상을 떠난 후 처음입니다. 오늘따라 잘 구워졌네요. 기분이 좋습니다.

“자, 편히 들어. 바삭하니 잘 구워진 것 같아.”

“고마워요, 형부. 형부 먼저 드세요. 형부는 빵 속살만 드시지요? 자, 이거.”

“무슨 소리야, 처제. 난 바삭한 겉을 더 좋아해.”

“언니 살아 계실 때 속살만 드신다고 했던 걸로 기억하는데요.”

"그땐 그랬지. 언니가 빵 껍질을 워낙 좋아하니까 난 속살만 먹겠다고 했지. 나도 겉이 더 맛있어."

"네? 언니는 빵 속을 더 좋아했어요. 형부가 속살이 더 좋다고 하셔서 껍질만 먹은 거예요. 결혼 전에는 속살만 먹었다고요."

부부는 같은 마음입니다. 상대방이 더 좋아하는 걸 먹으라고 내가 좋아하는 걸 포기한 것입니다. 함께 수십 년을 산 부부였지만 서로 좋아하는 걸 양보하다 보니 서로 싫어하는 걸 먹고 살았습니다. 마음을 말하기가 그렇게 힘듭니다.

상대의 마음을 짐작하지 마세요.
상대의 마음이 잘 보이지 않으면
내 마음을 먼저 솔직히 말하세요.
그러면 상대의 마음도 보입니다.
어쩌면 지금 당신의 식탁에서도
이런 일이 벌어지고 있지는 않은지요?

신이 언어를
인간에게 선물했다

캐나다 유학 시절 언어 정책을 공부한 터라 프랑스어, 일어, 독일어, 중국어, 포르투갈어, 스페인어 기초 과정을 수강했습니다.

대부분의 서양 학생들은 새로 배우는 문법의 불규칙 변형을 궁금해했습니다. 그때마다 교수들은 '인간 사이의 약속'이라고 말했습니다. 오래전부터 언어를 사용해 온 사람들이 약속으로 정한 것이니 일리 있는 설명이 없어도 받아들이라는 이야기였습니다.

하지만 유독 일본어 교수는 '신의 선물'이라는 표현을 썼습니다. 이유가 애매한 문법이 나오면 신이 그런 선물을 준 거라고 말했죠.

어쩌면 신은 인간에게 '언어의 신'이 되는 권리를 선물한 것인지도 모릅니다. 내가 사용하는 언어 세계에서 나는 언어의 신입니다. 말로는 무엇이든 만들고 어디든 갑니다. 죽음이나 고통도 아름답죠. 부자도 되고 천재도 됩니다. 이처럼 현실과 동떨어진 언어 세계에서 우리는 전지전능한 신이 되는 권리를 부여받습니다. 그만큼 언어는 신비롭습니다. 그 언어가 오늘 밤 나를 그토록 가보고 싶은 아이슬란드로 데려다주기도 합니다.

언어학자 김진우는 《언어》에서 언어의 기원에 관해 두 가지 설을 제기합니다. 인간 발명설과 신의 선물설이죠.

먼저 인간 발명설입니다. 아리스토텔레스는 이 땅에 있는 모든 사물의 이름은 특정 사물의 본질을 꿰뚫어볼 수 있는 특수한 능력을 갖춘 누군가가 만들었다고 했습니다. 루소는 자연의 부르짖음, 고통, 쾌락, 분노, 경악 등의 감정을 소리로 표현하는 감탄사에서 언어가 시작됐다고 했고요.

언어가 동물 울음소리를 흉내 내는 데서 비롯됐다는 멍멍설(bow-wow theory), 종소리나 박수 소리 같은 사물 고유의 소리에서 비롯됐다는 땡땡설(ding-dong theory)도 있습니다. 혀를 차는 소리 같은 감정 표현에서 비롯됐다는 쯧쯧설(pooh-pooh theory), 산신에게 제사 지낼 때 부르는 노래에서 비롯됐다는 아아설(sing song theory)도 재미있는 발상입니다.

그런데 제 생각에 가장 설득력 있게 설명한 사람은 19세기 프로이센 학자 요한 쥐스밀히입니다.

"사람은 생각하지 않고는 언어를 만들어낼 수 없다. 하지만 생각은 언어를 전제로 한다. 이 모순을 벗어나기 위해 신이 언어를 인간에게 선물했다."

아울러 신은 언어를 쓰는 재량권도 같이 주셨습니다. 언어는 거룩한 도구입니다. 사람을 위로하고 격려하고 응원하는 도구입니다. 하지만 사람을 공격하고 상처 주고 저주하는 도구가 되기도 하죠. 신이 언어를 선물로 주신 이유를 생각해 보면 그걸 어떻게 써야 하는지 알 수 있습니다. 신은 우리를 믿고 언어를 선물했기 때문입니다.

사실 제가 일터에서 쓰는 말하기 능력도 하나님의 선물입니다.

차가운 한마디 말

샤워기 꼭지의 서른 개 작은 구멍 가운데
하나에서 찬물이 흘러나옵니다.
스물아홉 개의 구멍에서 나오는 뜨거운 물보다
구멍 하나에서 나오는 찬물에 몸서리를 칩니다.
따뜻한 말이 스물아홉 마디라도
한마디 차가운 말 앞에서는 따뜻함을 잃습니다.

우리가 하는 말이
백김치 같았으면

저는 배추의 맑은 느낌이 그대로 살아 있는 백김치를 참 좋아합니다. 우리나라에 고추가 들어오기 전, 김치는 당연히 백김치였겠지요. 김치에 고춧가루를 더한 새빨간 김치가 '김치' 자리를 차지하면서 원조 김치는 '백白' 씨 성을 갖게 됐습니다. 그만큼 빨간 김치는 꽤 인기가 있었던 모양입니다.

김치는 강합니다. 붉은 기운이 세고 배추 곳곳에 묻은 빨간 양념이 도드라지며, 시뻘건 국물이 도전적입니다. 반면 '김치'라는 이름을 빼앗긴 백김치는 배추 날것의 느낌을 그대로 살려줘서 참 고맙습니다. 맑은 국

물에 푹 담겨 있어서 더 좋습니다. 그다지 강렬하지 않으면서도 깊은 맛을 지니고 있어서 참 마음에 듭니다. 역시 김치의 생명은 발효의 깊은 맛입니다.

제가 하는 말이 백김치 같았으면 좋겠습니다. 나 자신을 그대로 보여주었으면 좋겠습니다. 꾸미지 않고, 화장하거나 덧붙이지 않은 날것 그대로 말입니다. 강하지 않고 도전적이지 않고 시원하고 깨끗한 말을 많이 했으면 좋겠습니다.

또 발효된 말이면 좋겠습니다. 때로는 겉절이도 맛있지만, 그것도 한두 번입니다. 생각 속에서 숙성되지 않은 채 버무리자마자 바로 뱉는 말이 아니라, 오래 발효된 깊은 맛을 내는 말이었으면 좋겠습니다.

매년 겨울, 장모님은 제 몫으로 백김치를 따로 담가 주시곤 했습니다. 장모님은 다른 건 몰라도 백김치만큼은 정말 맛을 잘 내셨죠. 이제는 더 이상 먹을 수 없는 장모님의 백김치가 장모님만큼이나 그립습니다.

백김치를 볼 때마다 생각합니다.

내 말이, 내 언어가

백김치 같았으면 좋겠다고 말입니다.

오늘도 머리에서,

또 가슴에서 말이 익어가고 있습니다.

요람과 감옥

언어는 살아 있습니다.

필요에 따라 모습을 바꾸고, 상황에 따라 태도가 달라집니다. 찌르기도 하고, 쓰다듬기도 하며, 요람이 되기도 하고, 감옥이 되기도 합니다.

30년 방송 생활을 하면서 수많은 말을 흘려보냈지만, 좀처럼 잊히지 않는 두 선배의 말이 있습니다. 그 말들은 생각 한쪽에 똬리를 틀고 있다가 문득 떠올라 나를 괴롭히기도 하고, 기분 좋게 만들기도 합니다.

신입 시절, 환경의 날 특별 생방송 중계를 마치고 사

무실로 돌아왔을 때, 복도에서 당시 국장님이 피디 선배에게 하는 말을 우연히 들었습니다.

"김재원 씨, 방송 진짜 잘하네. 말에 생각이 담겼는데, 명료해. 두고 봐. 앞으로 KBS 프로그램 저 친구가 다 한다."

나름 꽤 흐뭇했지만, 당연히 못 들은 척했습니다. 두 분 선배도 수고했다는 말 외에는 별다른 말씀이 없었고요. 하지만 그 짧은 문장이 저에게 마치 갓난아기의 요람 같은 행복감을 주었습니다. 가끔 침대에 누워 떠올리면, 흐뭇한 미소를 지으며 잠들게 됩니다.

'칭찬 한마디가 뭐라고.'

2~3년쯤 흘렀을까요? 당시 본부장께서 저를 당신 방으로 부르더니 대뜸 말했습니다.

"나는 자네 진행 방식이 싫어. 자네는 대성하기 힘들겠네. 다른 길을 찾아보는 건 어떤가?"

"제가 뭘 잘못하고 있는지 말씀해 주시면 고치겠습니다."

"그냥 싫네. 무조건 싫어."

그날 그분의 기분과 상황은 짐작조차 할 수 없지만,

저는 그 순간 충격에 빠졌고, 한동안 자신감을 잃었습니다. 직업이나 직종을 바꿀까도 심각하게 고민했죠. 그 말의 감옥에서 한동안 벗어날 수 없었습니다. 심지어 방송이 마음에 안 들거나 실수라도 하면, 그 짧은 문장이 떠올라 괴로웠습니다.

'그 짧은 비난 한마디가 뭐라고.'

가끔 혹시 내가 누군가에게 한 말이 감옥이 되지는 않았을까 반성합니다. 누군가에게 요람이 될 만한 말을 한 적이 있긴 할까 돌아보기도 합니다. 아무리 배려한들, 아무리 공감한들, 사실 말은 듣는 사람의 반응과 해석이 중요합니다.

제가 비난을 흘려들었다면 그 말의 감옥에 갇히지 않았겠죠. 그리고 칭찬을 마음에 새겨서 그 말의 요람에 누웠던 겁니다. 이처럼 말의 생명력은 듣는 사람의 태도와 반응에 달려 있습니다.

언어 일지
쓰기 연습

우리는 우리가 온종일 어떤 말을 하면서 사는지 잘 모릅니다. 무의식적으로, 습관적으로 이야기하다 보면 내가 어떤 말을 했으며 나의 말이 어떤 결과를 가져오는지조차 생각할 겨를이 없지요. 내가 어떤 언어 습관을 갖고 있는지 대부분 파악하지 못하고 있다는 뜻입니다.

하루를 정해 자신이 하는 말을 기록해 보십시오. 녹음을 하는 것도 좋은 방법입니다. 아침에 일어났을 때 식구들과 나누는 인사말부터 밤에 잠자리에 들기까지의 대화를 기록하는 겁니다.

그리고 모든 상황과 문장을 분류해 보십시오. 아마도 기록하겠다고 마음먹으면 평소보다 말을 덜 하게 될 겁니다. 특별히 말하는 게 직업이 아닌 이상 생각보다 말수가 많지 않다는 것도 알 수 있을 겁니다. 제 경우에도 방송을 제외하고 일상에서 하는 말을 기록해 보니 평균 100문장이 되지 않았습니다. 물론 회식이나 모임, 회의 같은 상황에 따라 다르긴 합니다만 기록해 볼 만한 가치는 있습니다.

자신의 발화發話 문장을 내용에 따라 인사, 배려, 용서, 사랑의 표현을 담은 긍정적 대화와 비난, 비판, 불편, 참견 등의 표현을 담은 부정적 대화로 분류해 보면 자기의 성향이 나타납니다.

제 경우는 30 대 70 비율로 부정적 내용이 많았습니다. 아마도 언어 일지 작성을 위해 의도한 부분이 없었다면 부정적 내용이 더 많았을 테지요.

집에서 아이를 키우는 엄마도 이런 방법을 통해 자신이 어떤 유형의 엄마이고, 양육 방식은 어떠한지 굳이 전문가에게 의뢰하지 않아도 쉽게 파악할 수 있을 겁니다.

이번에는 언어 일지의 적용 폭을 좁혀보겠습니다. 자신이 주로 소통하는 대상자 세 명을 선정해 그들하고의 대화만 기록하는 겁니다. 가족은 물론 직장 동료나 자주 통화하는 친한 친구도 괜찮습니다.

그들과의 대화 소재가 주로 정보성인가요, 아니면 사람에 대한 평가인가요? 긍정적인 내용이 많은가요, 부정적인 내용이 많은가요? 공격적인 내용이 많은가요, 방어적인 내용이 많은가요? 이런 분류를 해보면 상대방에 대한 나의 언어 태도와 그 사람하고의 관계 성향까지 파악할 수 있습니다.

> 남을 판단하지 말라.
> 그러면 너희도 판단받지 않을 것이다.
> 남을 정죄하지 말라.
> 그러면 너희도 정죄받지 않을 것이다.
> 용서하라. 그러면 너희도 용서받을 것이다.

《신약성경》 중 〈누가복음〉에 나오는 말입니다.

어쩌면 나의 말본새가 상대방의 말본새를 결정짓는

것인지도 모릅니다. 남 탓만 할 게 아니라 꾸준한 연습과 훈련으로 내 삶의 관계를 청정하게 유지하는 건 어떨까요?

언어는 돌고래처럼 살아 숨 쉬고

매일 아침 생방송을 진행하다 보면 인사말에 꽤 신경을 씁니다. 전날 회의 이후, 내내 무슨 이야기를 할까 생각합니다. 이런 이야기를 해야지 정하고 나서 방송 직전까지 몇 번을 되뇌어봅니다. 하지만 아무리 고쳐 말해도 마음에 드는 문장이 나오지 않을 때가 있죠.

그럴 때는 문득 언어가, 말이 살아 숨 쉬고 있다는 생각이 듭니다. 이 언어라는 놈은 살아 있어서 적잖이 비위를 맞추지 않으면 괜찮은 모양새가 잡히지 않습니다. 참 신기합니다. 언어가 살아 숨 쉬고 있다니 말입니다.

아들과 이야기할 때도, 아내와 대화할 때도 본래 생각과 다른 말이 나올 경우가 있습니다. 자칫 의도와 다르게 말 틀이 잡히면 듣는 사람에게 오해를 불러일으킵니다. 언어는 온도와 습도를 잘 맞춰줘야 내 생각에 맞는 형태를 갖춥니다. 집에서 굽는 빵보다, 키우는 강아지보다 훨씬 더 까다로운 존재입니다.

내 마음을 몰라줄 때는 정말 야속하기만 합니다. 내 안의 언어도 마음대로 안 되니 바깥으로 내뱉는 언어는 오죽하겠습니까?

침묵에서
해답 찾기

말할 수 없는 것을 침묵합니다.

그 가치를 알면서도 이렇게 힘든 줄 몰랐습니다.

말할 수 없는 것을 말하려다 갈등이 생겼습니다.

말할 수 없는 것을 말하려다 오해가 생겼습니다.

쌓인 오해가 분노의 언어로 풀릴 줄 알았습니다.

그런데 갈등도 오해도 분노도 침묵이 답입니다.

언어 피트니스 클럽

〈아침마당〉에서 한국점자도서관의 육근해 관장을 만났습니다. 그분은 사재를 내놓아 한국점자도서관을 만든 육병일 초대 관장의 딸로, 돌아가신 아버님의 유지를 받들어 점자도서관을 운영하고 있습니다.

육근해 관장은 말씀을 참 잘하셨습니다. 문장 구성이 깔끔하고 문맥의 앞뒤가 어찌나 조리 있게 이어지던지 말을 전문으로 하는 저도 깜짝 놀랐습니다. 그 이유를 들어보니 어린 시절부터 시각장애인인 아버지 곁에서 벗을 해드린 덕분이라고 합니다. 아버지가 하시는 일을 늘 옆에서 말로 도와드렸는데, 그게 치밀한 훈련이 되었던 것입니다.

말이야말로 연습과 훈련이 중요합니다. 게다가 아버지를 사랑하는 마음이 있었으니 말을 잘할 수밖에 없었겠지요.

가끔 아나운서 지망생들을 위한 아카데미에 교육을 나갑니다. 그때마다 학생들에게 폭포수같이 질문을 쏟아내죠. 퍼붓는 질문에 학생들은 서둘러 답하는데, 말문이 막힐 때가 많습니다. 대부분 말로 답해본 적이 없는 질문이기 때문이죠.

아나운서를 지망하는 학생들이지만, 말하기 훈련이 되어 있지 않습니다. 아카데미에서도 선생님들 강의만 듣고 뉴스 낭독 연습을 주로 합니다. 자기 생각과 의견을 정리해서 말하는 훈련은 기회조차 없다 보니 자신이 말을 잘하는 사람인지 아닌지조차 모릅니다.

첫날 폭포수 같은 질문에 말문이 막힌 학생들은 자신이 말을 잘 못하는 사람이라는 걸 깨닫죠. 하지만 세 시간 정도 언어 훈련을 받고 나면 어느덧 말솜씨가 조금 나아집니다.

말솜씨는 훈련을 통해 닦을 수 있습니다. 첫째 날 곤

혹스러워했던 학생들이 둘째 날 같은 방식의 수업을 마치고 나면 말에 대한 자신감을 얻습니다. 연습할수록 말솜씨가 향상되는 걸 깨닫기 때문입니다.

우리에게 필요한 것은 언어를 훈련하고 연습할 수 있는 언어력 신장 교실, 즉 언어 피트니스 클럽입니다. 체력을 쌓고 근육을 만들기 위해 꾸준히 피트니스 클럽에서 운동하듯 언어력을 신장시키기 위해서도 꾸준한 훈련과 연습이 필요합니다.

어떤 사람은
전혀 모릅니다

어떤 사람은 자신의 꼼꼼한 충고가
누군가를 숨 막히게 한다는 사실을 전혀 모릅니다.
어떤 사람은 자신의 넘치는 사랑이
누군가에게 부담을 준다는 사실을 전혀 모릅니다.
어떤 사람은 성공을 향한 자신의 욕망을
누군가 안쓰럽게 여긴다는 사실을 전혀 모릅니다.
어떤 사람은 자신의 폭넓은 감정 표현이
누군가를 힘들게 한다는 사실을 전혀 모릅니다.
어떤 사람은 자신의 소리 없는 관찰이
누군가에게는 벽이 된다는 사실을 전혀 모릅니다.

어떤 사람은 자신의 염려와 질문이
누군가를 피곤하게 한다는 사실을 전혀 모릅니다.
어떤 사람은 자신의 호기심 어린 재미가
누군가를 귀찮게 한다는 사실을 전혀 모릅니다.
어떤 사람은 자신의 정당한 명령이
누군가에게 깊은 상처가 된다는 사실을 전혀 모릅니다.
어떤 사람은 자신의 안일한 평화가
누군가를 답답하게 한다는 사실을 전혀 모릅니다.

아무리 좋은 의도도
누군가에게는 꽤 무거운 짐입니다.
그래서 항상 수위 조절이 필요합니다.

언어적 모라토리엄

모라토리엄 증후군이라는 사회적 질환이 있습니다. 지적·육체적 능력을 갖추었음에도 불구하고 사회로 진출하는 걸 꺼리는 증세를 말합니다. 대개 20대 후반부터 30대 초반 사이에 많이 나타납니다. 고학력 청년들이 대학 졸업 후 취직하지 않고 빈둥대는 것도 여기에 해당됩니다. 때론 졸업을 하염없이 미룬 채 학교에 남아 있기도 합니다.

언어적 모라토리엄 증후군도 있습니다. 대화에서 자신의 역할을 충분히 할 수 있는데도 열등감 때문에 관계 형성을 회피하는 경우입니다. 조금만 관심을 갖고 지켜보면 우리 일상의 대화 테이블에는 항상 이런 사람들이 있습니다.

이들에게 관계의 문을 열어주고 대화의 울타리 안으로 포용해 주면 언어적 자신감을 불어넣을 수 있습니다.

말하기의 진정성

말하기는 생각만큼 중요하지 않습니다.
진정성과 내용만 있으면 서툴고 부족하고
모자라도 울림이 있고 배울 게 있습니다.
말하기 기술에 얽매이지 않았으면 좋겠습니다.
솔직히 우리는 모두 거기서 거기니까요.

"존경할 수 없는 사람의 말은
증거가 있어도 믿지 않는다."

아리스토텔레스의 말입니다.

언어 소금통

의사가 환자에게 수술 위험도를 설명할 때 생존율 90퍼센트라고 하면 대부분 수술을 선택하고, 사망률 10퍼센트라고 하면 대부분 수술을 선택하지 않는다고 합니다.

그만큼 부정적 표현은 숫자로 위장해도 긍정적 표현을 이길 수 없습니다. '오늘은 쉽니다'보다 '내일 뵙겠습니다'가 어떨까요? '고장'보다는 '수리 중'이 낫고, '폐업 정리'보다는 '새 출발 마무리'가 낫겠죠? '휴업'보다는 '준비 중'이 좋겠죠?

사실 나쁜 소식이 좋은 소식보다 훨씬 빠릅니다. 그

리고 오래 머뭅니다. 나쁜 소식은 이야기를 듣자마자 자동으로 저장되고, 좋은 소식은 반드시 '저장'을 눌러야 합니다.

좋은 감정은 꼭 저장해 두세요. 그래야 오늘 슬플 때, 어제 기뻤던 일을 떠올릴 수 있으니까요. 슬픔은 기쁨으로 조금은 지울 수 있습니다.

사람은 여섯 살까지 3000번의 부정적 언어를 듣고 평균 10분에 세 번씩 거짓말을 한다고 합니다. 또 마음의 15퍼센트만 표현한다고 해요. 당연히 사람마다 다르겠지만, 그만큼 부정적인 상황에 쉽게 노출되고, 그렇다 보니 속마음을 터놓지 않는 것입니다.

당신 중심으로 당신 입장에서 당신을 주어로 말하면, 그건 관심의 언어입니다. 내 중심으로 내 입장에서 나를 주어로 말하면, 그건 주장의 언어입니다. 물론 둘 다 필요합니다. 질문에는 관심이 담겨 있습니다. 그 관심은 사랑의 다른 표현입니다. 다만, 상대의 감정을 살피지 않는 지나친 관심이 문제입니다. 만약 지금 나누는 대화가 누군가를 민망하게 한다면, 상처를 준다면 반드시 화제를 바꾸세요. 대화는 내가 하는 게 아니라 우리가 하는 것이니까요. 그래서 생각하고 말해야 합니다.

에드워드 조지 불워 리턴은 "생각은 인생의 소금"이라고 했습니다. 생각이 너무 많으면 인생이 짜고, 너무 없으면 인생이 싱겁습니다. 그래서 저는 생각 없이 말하지 않으려고 노력합니다. 키 커서 싱겁단 소리를 들을 테니까요. 우리에겐 지금 '언어 소금통'이 필요합니다. 보다 나은 언어 소통을 위해서 말입니다.

스탠리파크의
아름드리나무

캐나다 밴쿠버 스탠리파크에는

특별한 나무가 있습니다.

엄청난 크기의 아름드리나무이지만,

여느 나무와 다른 점이 있죠.

바로 속이 비어 있다는 것입니다.

속이 텅 빈 그 나무 앞에는

큰 팻말이 있습니다.

'속이 빈 나무(Hollow Tree)'

그 나무를 바라보는 관광객들은 웃습니다.

크디큰 나무가 속이 비었기 때문입니다.

저도 가끔은 텅 빈 모습으로 서 있지는 않을까요?
남들에게 그 텅 빈 속이 보이지는 않겠지만,
한마디 말이 내 꽉 찬 속을 알려줄 수는 있습니다.

묵독默讀과
통독通讀 클럽

뉴질랜드 웰링턴의 주말 저녁, 카페에 사람들이 모여 눈으로 인사를 나누고 자리에 앉아 책을 읽습니다. 소리 없이 책을 읽는 묵독 클럽입니다. 독후감도, 독서 토론도 없습니다. 사람을 사귀려고도 하지 않습니다. 사람들은 책을 읽으며 작은 수첩에 인상적인 문장을 기록합니다. 연필과 수첩을 들고 책에 집중하며 뇌 기능을 회복하려는 것이 묵독 클럽의 목표입니다.

얼마 후 그들은 가벼운 눈인사를 하고 헤어집니다. 집으로 돌아가 온라인 커뮤니티에 자신이 읽은 책을 단순히 확인 차원에서 올려놓습니다. 모임 장소에 못

나간 회원은 자기가 있는 곳에서 한 시간 동안 책을 읽고 인증 사진을 올립니다.

우리나라에는 통독 클럽이 있습니다. 약속된 장소에 사람들이 모여 같은 책을 꺼냅니다. 누군가 소리 내어 읽기 시작합니다. 나머지 사람들은 눈으로 따라 읽습니다. 그 사람이 지치면 다음 사람이 이어서 소리 내어 읽습니다. 번갈아 빠른 속도로 읽다 보면 얇은 책은 두어 시간이면 다 읽습니다. 가벼운 토론을 하고 헤어집니다.

그걸 1년 넘게 하다 보니 읽는 속도도 빨라지고, 말솜씨도 늘었답니다. 읽어서 내면에 지식을 쌓고, 말로 표현하다 보니 그럴 수밖에 없습니다.

우리나라 독서량이 OECD 국가 최하위권이라는 얘기는 굳이 하지 않겠습니다. 1년에 성인 한 사람이 책을 몇 권 읽는지도 여기서는 밝힐 필요가 없습니다. 그 수치마저도 책을 무지 많이 읽는 사람들이 평균을 올린 것뿐입니다. 해마다 나오는 노벨문학상 발표 때도 우리는 작가 탓이나 하지, 좋은 작가가 나올 수 있는 토양을 만들지 못했다는 반성은 하지 않습니다.

텔레비전은 손안에 놓고 보는 시대가 됐고, 라디오는 차에서만 듣고, 신문은 인터넷으로만 봅니다. 소리로 듣는 책이 인기를 끌어도 아직 종이책은 힘이 있습니다. 어쩌면 독서는 혼자 할 수 있는 가장 의미 있는 행위가 아닐까요? 독서는 바느질처럼 자신을 성찰하는 시간입니다. 저자의 생각에 맞춰 자신을 들여다보는 시간입니다.

저는 혼자 읽는 것이 좋습니다. 그 책을 쓴 작가도 혼자 썼을 테니 말입니다. 하지만 혼자 하는 것이 좋은 사람들은 혼자 하고, 같이 하는 것이 좋은 사람들은 같이 하면 됩니다.

우리나라에도 노벨문학상 수상 작가가 나왔습니다. 이제 책을 읽을 때입니다. 묵독이면 어떻고, 통독이면 어떻습니까?

4장

우린 끝까지 가족입니다

결혼, 이혼, 재혼

이혼은 인내가 부족해서 하며
재혼은 기억이 부족해서 한다고
중국 사람들은 일찍부터 깨달았다더군요.
결혼, 이혼, 재혼 모두 대화가 부족하면 후회합니다.
대화는 사랑을 키우고, 갈등을 잠재웁니다.

내 짝꿍의
인생사

초등학교 6학년 때 짝꿍이 선명하게 기억납니다.

키 큰 소년이 눈이 나쁘다고 앞에서 넷째 줄에 앉게 되는 바람에 얻은 짝입니다. 그 짝꿍은 붙어 있는 2인용 나무 책상에 금을 짝 그었습니다. 그때는 다들 그랬더랬죠.

제 지우개가 넘어갔습니다. 규칙을 어긴 건 저였지만, 오히려 큰소리는 제가 쳤습니다. 짝이 일기장을 꺼내 적었습니다. 짝의 소심한 복수였습니다.

다음 날, 제 일기장에 담임 선생님의 빨간 글씨가 적혔습니다.

'짝꿍하고 친하게 지내세요.'

저도 일기장에 적었습니다.

'짝의 지우개가 선을 넘었다고 그 자리에서 바로 일기를 쓰는 것은 예의가 아니라고 생각한다.'

나름대로 억울함을 토했습니다. 물론 그 다툼은 끝날 듯 이어졌죠.

우리는 그냥 그렇게 지냈습니다.

그 일기장이 아직 우리 집에 있습니다.

그 짝꿍도 여전히 같은 집에 살고 있습니다.

우리는 만난 지 45년 된 짝꿍입니다.

감정의 풍향계

아들이 네 살 때였습니다.

처제와 놀던 아들이 갑자기 소리를 지르며 울었습니다. 어깨가 아프답니다. 팔이 빠진 건가 싶어 병원에 가자고 하자 더 흐느껴 울며 병원에는 가지 않겠다고 고집을 부립니다. 호통을 쳐서라도 데려가려고 했습니다. 아내가 아들을 끌어안고 달랩니다.

"병원에 가는 건 엄마도 싫어. 엄마가 널 무서운 곳에 데려간 적 있니? 너는 지금 팔이 아파. 병원에 가면 아프지 않게 될 거야. 병원은 우리를 도와주는 곳이야. 어때? 이제 병원에 갈까?"

저는 흥분을 가라앉히고 아들의 표정을 살폈습니다. 아들이 눈물을 멈추고 고개를 끄덕입니다.

한쪽에서는 장인어른이 처제를 크게 혼내고 있었습니다.

"너는 대체 얻다 한눈을 판 거야?"

처제가 눈물을 글썽입니다. 제가 다가가 처제를 달랬습니다.

"다 그럴 수 있어. 괜찮을 거야. 염려 마."

그때 장모님이 제게 다가왔습니다.

"김 서방, 내가 미안하네."

"어머니가 뭐가 미안하세요? 아무 문제 없어요."

상대의 감정을 헤아리고 그 방향을 바꿔주는 것. 위기의 순간마다 우리가 신경 써야 할 우선순위입니다.

눈물의
가족 노래자랑

"아버님이 떠나셨어."

그날은 〈아침마당〉을 임시로 맡아 진행하던 때였습니다. 오랫동안 마음의 준비를 해서 그런지 의외로 담담하게 서둘러 일을 처리하고 집으로 향하는 차 안에서 갑자기 눈물이 터졌습니다. 6년간 투병하던 아버지의 얼굴이 떠오르며, 그 이별의 순간에 잘 모시지 못한 죄책감이 일었습니다. 그렇게 혼자 오열하다 막상 돌아가신 아버지를 뵙자 오히려 눈물은 말랐습니다.

차분하고 담담하게 절차를 밟아 장례식을 치렀습니다. 〈아침마당〉 제작진은 임시 진행자의 부친상인데도 찾아와 오랫동안 머물며, 제자리를 끝까지 지키지 못한 미안한 마음에 큰 위로를 주었습니다.

다음 날, 담당 책임프로듀서가 또 찾아왔습니다.

"자네 자리는 채우지 않기로 했네. 오늘부터 여성 아나운서 혼자 진행할 거야."

임시를 대신하는 대타 진행자를 채워 넣는 게 모양새가 좋지 않고 여성 아나운서의 역량이 뛰어나니 큰 문제 없을 테지만, 그 모든 것이 저를 위한 배려처럼 느껴졌습니다.

"그런데 무리한 부탁인 줄 알지만, 장례식 잘 마무리하고, 토요일엔 합류하는 게 어떨까? 다들 그런 의견인데, 괜찮겠나? 미안해. 토요일은 자네도 알다시피 혼자 진행하는 게 어려워서 말이야."

"……."

경황없는 와중에 당황해서 대답조차 못 하는 젊은 아나운서에게 대선배 피디는 설득을 이어갔습니다. 그 설득은 긍정적인 대답이 나올 때까지 끝나지 않을 기세였습니다.

"웬만하면 그렇게 하겠습니다."

겨우 빠져나갈 구멍을 만들어 답변한 순간, 문득 생각이 났습니다. 토요일엔 '가족 노래자랑'이 있다는 사실을 말입니다. 이제 막 아버지를 떠나보낸 제가 시청자 앞에서 노래자랑의 사회를 보게 된 것입니다.

"안녕하십니까? 불효자가 아버지를 청산에 모시고 오느라 며칠 자리를 비웠습니다. 아쉬운 그 마음으로 여러분을 정성껏 모시겠습니다. 이제 조심스럽게 일상으로 돌아갑니다."

다행히 노련한 여성 진행자의 도움으로 별 어려움 없이 한 시간을 보냈지만, 그때의 어색했던 마음과 표정이 지금도 느껴집니다.

평양 공연과
《모비 딕》

"30년 넘게 카메라 앞에 섰어요."

그러면 많은 사람이 되묻습니다.

"떨리지 않나요?"

"안타깝게도 떨리지는 않습니다."

"대단하세요. 그런데 왜 그게 안타까워요?"

이상하게도 저는 신입 사원 시절부터 떨리지 않았습니다. 연수를 받는 동안 어떤 선배께서 말씀하시더군요.

"김재원 씨는 떨지를 않네."

"아, 네. 저는 떨리지는 않습니다."

"큰일이군. 신입이 방송에서 떨지 않는다니."

선배의 표정에는 걱정이 가득 담겨 있었습니다.

'큰일이라고?'

제 궁금증을 동기들이 대신 물어주었고, 그 선배의 대답은 이랬습니다.

"방송인은 떨어야지. 그래야 방송을 어렵게 생각하거든. 방송이 만만해 보이면 실수하기 십상이야. 시청자가 어려워야 예의를 지키는 좋은 방송인이 될 수 있어."

30년이 지났지만 아직도 '떨리는' 이야기만 나오면 그 말이 떠오릅니다. 한시라도 자만하지 않도록 저를 붙들어줍니다. 소설 《모비 딕》에서도 스타벅이 이렇게 말하죠.

"고래를 두려워하지 않는 사람은 내 보트에 절대로 태우지 않겠다."

물론 제게도 떨었던 무대는 당연히 있습니다. 아주 색다른 무대였죠. 바로 2002년 KBS 교향악단과 북한 조선국립교향악단의 합동 연주회 진행을 맡아 평양으로 출장을 갔을 때였습니다.

원래는 제가 북한 여성 진행자와 함께 사회를 보기로 했는데, 현지에서 상황이 바뀌어 '남남북녀南男北女'가 아닌 '남녀북녀南女北女'로 하자는 결정이 내려졌습니다. 그래서 저는 KBS 교향악단 단독 공연의 진행을 맡게 되었죠.

합동 공연을 못 맡게 된 아쉬움을 넘어 어떻게든 남과 북의 동포들에게 음악을 통해 위로를 전하고 싶었습니다. 그런데 제가 평소와 달리 떨고 있더군요.

봉수대 예술극장의 무대도 낯설고, 북측 카메라맨들의 경직된 표정이 두렵기까지 했습니다.

겨우 리허설을 마치고 대기실에서 숨을 돌렸습니다. 눈을 감고 생각을 정리하며 없는 용기를 찾아냈습니다. 그러고 보니 이 자리가 제게는 엄청난 영광이었습니다. 제 능력과 자격을 뛰어넘는 감사한 자리였죠. 어쩌면 앞으로 남은 평생 만날 수 없는 분들 앞에 선다는 게 제가 오늘 최선을 다해야 할 이유였습니다.

'실수한들 어떤가? 박수를 못 받으면 어떤가? 박수는 교향악단 단원들의 것이고, 나는 몇 마디 말로 친절하게 안내하면 그뿐이다.'

그제야 떨리는 가슴이 가라앉았습니다.

이렇게 마음을 비우자 교향악단의 음악이 들리고, 청중의 표정이 보였습니다. 저는 그분들의 박수에 스며들고, 그분들의 감격에 공감했습니다. 낯선 땅에서 오히려 제가 위로를 받았습니다. 합동 공연의 사회를 못 맡게 된 서운함은 온데간데없이 사라졌습니다.

지금도 '떨림'을 생각할 때마다 그때의 '용기'를 떠올립니다. 확실히 어떤 자리에는 색다른 용기가 필요한 법이지요.

스타벅이 고래를 두려워하지 않는 선원을 태우지 않은 이유는 "가장 믿을 수 있고 쓸모 있는 용기는 위험에 맞닥뜨렸을 때 그 위험을 정당하게 평가하는 데에서 나온다는 뜻일 뿐만 아니라, 두려움을 모르는 사람은 겁쟁이보다 훨씬 위험한 동료라는 뜻이기도 했기" 때문입니다.

용기는 위기를 벗어나려는 몸부림이 아니라
위기를 위기라고 인정하는 자신감입니다.

세 가지 용기

미국 동부 지역의 한인 유학생 세미나에서 소통에 대해 강의할 기회가 있었습니다. 일대일 상담 시간도 가졌는데, 어떤 청년이 이런 질문을 하더군요.

"저는 악기를 공부합니다. 그런데 무대에만 서면 떨려요. 아나운서 님은 떨릴 때 자신을 어떻게 다스리시나요?"

저는 이렇게 말했습니다.

"저도 간혹 그럴 때가 있습니다. 그럴 경우는 색다른 용기를 끌어옵니다. 그게 떨리는 마음을 가라앉혀주거든요. 먼저, 실수를 해도 되는 용기입니다. 실수나 실패가 두려워 무대에 서지 못한다면 그보다 더 안타까운 일이 어디 있겠어요? '실수해도 괜찮다'라고 생각하면, 일단 그 무대에는 자신 있게 설 수 있을 겁니다. 실수하면 다음이 없을 거라고요? 아니에요. 제 경험으로 보면, 실수해도 다음은 반드시 있습니다."

그리고 숨을 고르며 말을 이었습니다.

"다음은 인정받지 못해도 되는 용기입니다. 그런 걱정을 하다 보면 실력 발휘를 못 합니다. 인정 욕구는 인간의 본능이지만, 지금은 그 본능을 잠재우는 능력이 필요한 시대입니다. 남들이 다 좇는 인정보다 내가 선택한 '최선'이라는 가치를 가슴에 품으세요. 최선은 '최고'가 아닐 수 있지만, 최고만큼 아름답습니다."

저는 그 청년의 눈을 바라보며 세 번째 용기에 대해 말했습니다.

"끝으로 평범해도 되는 용기입니다. 음악 하는 분들은 늘 최고가 되어야 한다는 강박이 있다고 들었어요. 당연하죠. 성공이 인생을 좌우하니까요. 그런데 작은 실패가 충분히 쌓여야 성공할 수 있다면, 그 '성공'의 길목에는 반드시 '평범'이라는 정류장도, '실패'라는 정류장도 있지 않을까요? 설령 종착역이 '평범'이라고 해도 불행한 인생은 아닙니다. 우리는 대부분 '평범'이라는 역에 머물러도 행복해하니까요. 성공에 집착하기보다, 그냥 음악을 즐기셨으면 좋겠습니다."

첫인상부터 경쟁에 지쳐 보이던 그 청년은 무척 흡족한 표정을 지으며 돌아갔습니다. 오히려 제게 많은 숙제를 남긴 채 말입니다.

청년들에게 불안한 시대를 물려줬다는 죄책감을 느낄 때마다 그 청년이 떠오릅니다.

표정의 온도

표정에는 온도가 있습니다. 온화하고 따뜻한 표정이 있고, 춥고 냉정한 표정이 있습니다. 지나치게 웃음이 많은, 좀 덥게 느껴지는 표정도 있고요.

사람들은 자신의 표정을 잘 모릅니다. 자기 얼굴을 쳐다보지 않기 때문입니다. 자기 표정을 의식하면 일부러라도 부드럽게 웃을 텐데, 자기 얼굴을 못 보니 자신이 얼마나 무서운지도 모릅니다.

우리는 어떤 일에 몰입할 때, 기본 표정으로 회귀하는 경향이 있습니다. 대부분의 기본 표정은 무뚝뚝합니다. 누구는 그걸 마음의 반영이라고 말하죠. 일리는 있지만 비약이라고 생각합니다.

대부분의 사람이 자신의 기본 표정을 모릅니다. 거울을 보면 자기 얼굴이 안 무섭다고요? 그건 거울을 볼 때 자신이 원하는 표정으로 민첩하게 바꾸기 때문입니다. 마치 사진을 찍는 것처럼요. 무심코 있을 때의 내 얼굴이 나의 기본 표정입니다.

저는 방송을 하는 사람이라, 그것도 생방송을 주로 하는 터라 늘 표정을 의식합니다. 언제 어떻게 화면에 잡힐지 모르니 항상 온화한 표정을 지으려 애씁니다. 항상 웃지는 않더라도, 아나운서 연수 시절 선배들에게 배운 '웃음 전 표정'을 구현합니다.

'저 사람의 다음 표정은 웃음일 것이다.'

이렇게 여겨지는 것이 바로 웃음 전 표정입니다. 기본 표정은 생각과 태도가 만듭니다. 표정의 온도가 점점 낮아지는 시대입니다. 사람들의 얼굴에서 봄을 읽을 수 있으면 좋겠습니다.

두 번째
엄마와의 이별

장모님은 파킨슨병에 걸린 장인어른을 8년간 극진히 돌보셨습니다. 그 때문인지 뇌경색과 심근경색까지 앓더니 급기야는 기력을 잃고 쓰러졌습니다.

"엄마가 곧 돌아가실 것 같아요."

밤늦게까지 병실을 지키던 처형의 전화였습니다. 서둘러 달려간 병실에서 장모님과 작별 인사를 했습니다. 장모님은 우리를 기다렸다는 듯이, 어느 때보다 편안한 표정으로 삶을 내려놓으셨습니다. 그날이 셋째 딸의 생일인 것을 아셨을까요?

슬플 겨를도 없이 내일 방송할 〈아침마당〉이 생각났

습니다. 자정 가까운 시간이라 어떤 조치를 취할 수도 없었습니다. 대타 진행자를 구할 수도, 공석으로 둘 수도 없었습니다. 그냥 진행하기로 결심하고, 밤새도록 장례 절차를 밟았습니다.

길고 슬픈 밤을 보내고 찾은 〈아침마당〉 스튜디오는 어느 때보다 활기찼습니다. 때마침 그날의 주인공들은 전국 장터에서 활동하는 각설이였습니다. 저는 검은 양복에 검은 넥타이를 맸지만, 제작진에게 차마 부고를 전할 수는 없었습니다. 그러면 모두 제 눈치를 볼 테니까요.

'장모님이 세상을 떠났는데, 내가 이렇게 웃는 표정을 지어도 되나?'

그 생각이 머릿속을 떠나지 않았습니다.

하지만 그런 내 모습을 장모님께서 싫어하지는 않으셨을 겁니다. 장모님은 그 누구에게도 폐 끼치는 걸 꺼리셨거든요. 아마 이런 결정을 한 사위가 자랑스러웠을 겁니다.

"잘했다, 김 서방."

이렇게 말씀하시는 듯했습니다.

마침 각설이 부부가 자신들은 감정 노동자라며 슬픈 상황에서도 웃음을 주어야 하는 애환을 토로하기에 제가 말을 받았습니다.

"누구에게나 자기감정을 포기해야 하는 순간이 있죠. 아무리 슬프고 힘든 일이 있어도 무대에 올라서는 그 슬프고 힘든 감정을 누르고 관객에게 기쁨을 주기 위해 노력해야 하는 상황, 저도 충분히 공감합니다."

저는 그 한 시간 동안 최선을 다해 장모님을 애도했습니다. 그러곤 이런 말로 프로그램을 끝맺었습니다.

"인생은 희로애락이 넘칩니다. 기쁨과 즐거움은 두 배로 만들고 슬픔과 노여움은 절반으로 줄이는 그런 〈아침마당〉이 되겠습니다. 오늘도 함께해 주셔서 감사합니다."

방송이 끝나고 초대 손님들을 다 보낸 후, 제작진에게 부고를 전했습니다. 그들은 미안해서 어쩔 줄 몰랐지만, 저의 미안함이 더 컸습니다. 며칠 자리를 비우겠다고 말한 뒤, 곧장 장례식장으로 향했습니다. 그리고 나흘 동안 그 자리를 지켰습니다.

인생에는 길목마다 슬픔이 숨어 있습니다.
그 슬픔과 손잡고 잠시 걸어가야 하는 이유는
다음 길목에서 기쁨을 만날 거라는
기대 때문입니다.

사람 책

어떤 책은 교과서를 읽고 있는
느낌이 들 때가 있습니다.
어떤 책은 사람을 읽고 있는 느낌이 듭니다.
인품과 성품이 살아 숨 쉬고
금방이라도 달려가 지은이를 만나고
싶은 책이 있습니다.

출연자는 방송 진행자에게 책입니다.
세상이 줄 수 없는 지혜와 감동을
출연자에게서 배웁니다.

저는 매일 아침 '사람 책'을 읽습니다.

그 책들이 저라는 사람을 짓습니다.

가끔 소리를 줄이고 영화 보는 이유

가끔 소리를 줄이고 영화를 봅니다. 그러면 놓쳤던 그림들이 보입니다. 때로는 그 그림들이 소리보다 더 크게 말합니다. 귀로 듣는 것보다 더 많은 걸 보고 싶어서 소리를 줄입니다. 소리를 듣다 보면 눈이 봐야 할 것을 못 보기 때문입니다. 소리로 듣기 전에 눈으로 읽고 가슴으로 느끼고 싶습니다.

당신의 말을 잘 들으려고 하다가 당신의 모습을 못 볼까 봐서 걱정입니다. 잘 지내느냐는 질문에 괜찮다고 말하는 당신. 그런 당신의 이마에 근심 어린 주름이 잡혀 있다는 걸 놓칠까 봐서 걱정입니다. 입으로 나오는 언어보다 몸짓이 보여주는 언어가 당신의 진심이라는 사실을 이제야 알았습니다.

경청을 하려면 자기만의 세계에서 벗어나야 한다더군요. 그래야 상대의 표정이 보이고, 행동이 보이고, 마음이 보인답니다. 저도 그러려고 했습니다만, 내 마음에서 벗어나기가 이렇게 힘든 줄 몰랐습니다. 나는 당신의 마음은 뒤로한 채 내 마음만 보고 있습니다. 그래서 내 말이 앞섭니다.

옛날 어른들은 어떻게 역지사지易地思之를 알았을까요? 상대방이 보는 걸 본다는 것. 참 힘든 일입니다. 당신의 눈으로 보고 싶은데, 도무지 내 눈이 감기질 않습니다. 내 눈을 감아야 당신의 눈으로 볼 텐데요. 내 눈은 당신을 보는데, 나는 여전히 내 입장만 생각합니다.

평생 버리지 못한 짐

수년 전, 옆 동네로 이사를 했습니다. 13년 동안 살던 집을 떠나는 건 몸도, 마음도 쉽지 않았죠. 30평대 아파트이지만 한강 밤섬이 보이던 집이라 아쉬움도 컸습니다. 더욱이 살던 집을 팔고 전세로 가는 터라 집 구하러 다니는 마음도 신이 나지만은 않았습니다. 몇몇 집을 봤는데 같은 평수인데도 유난히 좁게 느껴졌습니다. 심지어 가구 없는 새집임에도 그랬습니다.

옛집이 넓어 보였던 건 창밖 풍경 때문이었을까요? 아마도 탁 트인 한강을 품은 전망 덕분에 그랬을 겁니다. 당연히 다른 집들이 유난히 좁아 보일 수밖에요.

이사를 하려니 잔짐이 무척이나 많았습니다. 심지어 13년 전 이사 오면서 쟁여놓고 한 번도 풀지 않은 짐도 있었습니다. 분명 내 인생에 필요 없는 것이라지만, 막상 버리자니 혹시 언젠가 필요하지 않을까 싶었습니다. 책이며 옷가지며 중고 가게에 잔뜩 넘겼는데도 이런저런 잔짐을 부둥켜안고 새집 구석구석에 쟁여 넣었습니다. 분명 다음에 이사 갈 때 후회할 텐데, 버리지 못하는 짐들은 내 인생의 혹입니다.

버리지 못하는 것이 어디 이삿짐뿐이겠습니까? 쉰이 넘었는데도 마음의 이사를 한 적이 한 번도 없습니다. 어린 시절부터 온갖 정리되지 않은 마음의 짐을 쌓아만 놨지 털어버린 적이 없네요.

마음의 선반에는 대부분 굳은살과 딱지로 남아 있는 상처가 유난히 많습니다. 나이가 들면서 마음의 집은 점점 좁아지건만, 도대체 그 많은 짐을 어떻게 해야 할지 걱정입니다. 마음속 버거운 짐은 중고 거래도 안 되는데, 먼저 살던 집에서 한강을 바라보며 다 쏟아붓지 못한 게 아쉽습니다.

그때 이사하고 한 번 더 이사했는데, 아직도 마음의

이사는 못 했습니다. 집에 잔짐이 여전하듯 마음의 잔짐도 못지않습니다. 도대체 언제쯤 털어버릴 수 있을까요? 가만 보니 어린 시절 돌아가신 엄마에 대한 애도도 아직 버리지 못한 짐입니다.

할머니의
여름 휴가

나는 한여름에 태어났습니다. 할머니는 내 생일이 되면 보따리에 이것저것 싸 들고 우리 집으로 올라와 손자의 생일상을 차렸습니다. 할머니에게는 늦게 결혼한 작은아들의 늦둥이 아들이 늘 눈에 밟혔겠지요. 일하는 며느리를 대신해 어린 손자의 생일상을 차린 다음 하룻밤 묵고 내려가는 것이 할머니의 여름 휴가였습니다.

하지만 할머니의 이런 여름 휴가는 몇 해 만에 막을 내렸습니다. 아쉽게도 어릴 때 돌아가신 할머니의 모습이 내 기억에는 없습니다.

내가 할머니를 떠올린 것은 작가 안녕달의 그림 동화 《할머니의 여름 휴가》 덕분입니다. 혼자 사는 할머니에게 손자가 찾아옵니다. 할머니의 집은 고장 난 선풍기와 오래된 텔레비전, 가족사진 액자와 1인용 소파, 화분 등 소소한 소품들이 차지하고 있습니다. 손자는 할머니에게 소라를 선물하고 떠납니다.

어느 날, 할머니는 손자가 주고 간 소라를 귀에 대고 바닷소리를 듣습니다. 그러다 소라 안으로 들어가 강아지와 함께 여름 휴가를 즐깁니다. 바다는 할머니의 집과 다르게 탁 트여 있습니다. 수영복을 입고 파라솔 아래 누워 있는 통통한 할머니를 보면 웃음이 절로 나옵니다. 할머니는 그렇게 손자가 선물로 주고 간 소라로 여름 휴가를 즐깁니다.

내가 어릴 때만 해도 우리네 할머니들은 손자들과 시간을 보내는 꿈에 들떠 있었던 것 같습니다. 방학이면 시골로 놀러 가는 게 교과서의 단골 소재였죠. 그럴 때는 꼭 외할머니였어요. 친할머니들의 소외감이라니. 어쨌든 할머니들은 손자들에게 수박을 썰어 먹이고 옥수수를 쪄 먹이는 기쁨을 만끽합니다.

속옷 바람에 멱을 감는 손주들 모습만 봐도 할머니들의 더위는 이내 달아났을 테지요. 할머니들은 그게 그리도 좋았을까요? 나는 할머니를 일찍 여의어서 방학 때 시골집에 내려가 2~3주씩 머물다 오는 친구들이 부럽기만 했습니다.

그 시절 아이들은 도시와 공부를 벗어나 할머니 댁으로 내려가곤 했습니다. 할머니와 손주들의 욕구를 묘하게 충족시켜 주는 기가 막힌 여름 휴가였죠.

요즘은 아무도 할머니의 여름 휴가를 챙기지 않습니다. 손주들도 방학이 다 지나가도록 내려오지 않고요. 대신 학원에 다니거나 해외로 나갑니다. 설령 짬을 내서 휴가를 가도 할머니네 집은 절대 아니죠. 더 늦기 전에 할머니께 여름 휴가를 찾아드릴 방법을 생각해 보는 건 어떨까요?

우리 엄마도 할머니가 됐더라면 얼마나 좋았을까요? 아들 닮은 손자를 무척 좋아하셨을 텐데요. 엄마는 '할머니' 소리를 한 번도 못 들어봤네요.

길 잃은
이방인

길을 잃은 적이 있습니다.

캐나다 밴쿠버에 살던 시절 이야기입니다. 당시 저희 세 식구는 대학 가족 기숙사에 살았습니다. 캠퍼스가 거대한 국립공원과 맞닿아 있고, 기숙사 옆길로 그 공원에 들어갈 수 있었죠. 가끔 늦은 오후에 산책 삼아 거닐던 곳입니다. 안내소에서 받은 지도를 들고 걷는 트레킹 관광객도 쉽게 볼 수 있었죠.

저는 말 그대로 '동네 주민'이라 가벼운 차림으로 짧은 산책에 나섰습니다. 익숙한 길로 다닌다지만 미로 같은 숲길에선 때로 방향을 잃기 십상입니다. 그날따라 갈림길에서 두어 번 안 하던 선택을 한 탓인지, 아니면 딴생각에 여념이 없던 탓인지, 정신을 차려보니 낯선 길에 우뚝 서 있었습니다.

하늘마저 덮어버린 큰 나무들에 둘러싸인 숲은 태양의 높이와 관계없이 어둠의 그림자가 내려앉았습니다. 주변 어디를 둘러봐도 안내판이나 사람은 보이지 않았습니다. 당시는 핸드폰 없이 살던 때였고, 가벼운 마음으로 나온 산책길이라 시계마저 없어 무척 당황했습니다.

일단 걷고 또 걸었습니다. 숲에 덮인 하늘은 저에게 방향을 알려주지 못했습니다. 걷다가 갈림길이 나오면 조금이라도 밝은 곳을 선택했습니다.

물리적인 길을 잃어버린 것보다 마음의 길을 잃어버린 두려움이 더 컸습니다.

'당황하지 말자.'

속으로 계속 중얼거렸습니다. 제가 할 일은 멈추지 않고 걷는 것뿐이었습니다.

그러다 문득 나타난 안내판이 나의 길눈을 틔웠습니다. 결국 기숙사 반대편 쪽 입구를 찾았고, 그제야 마음의 길도 제 궤도를 찾았습니다. 그사이 해는 이미 서쪽으로 한참을 내려앉았고요.

집에 도착해 시계를 보니 숲에서 네 시간을 헤맨 거였습니다. 물론 마음의 길을 잃어버린 시간은 훨씬 더 길게 느껴졌지만요.

마음의 길을
잃지 않는다면

캐나다 생활을 마무리할 즈음, 〈영상앨범 산〉에서 출연 요청이 들어와 로키산맥이 있는 밴프에서 가족과 함께 촬영을 진행한 적이 있습니다.

일주일 일정이었는데, 그날의 숙소는 산장이었습니다. 당일 촬영을 마치고 가이드와 헤어져 쉬고 있는데, 담당 피디가 인서트 장면을 찍고 싶다며 가벼운 산책을 제안했습니다. 저녁 식사를 하려면 아직 여유가 있어 저희도 흔쾌히 따라나섰죠.

세 식구의 자연스러운 산책 장면을 피디가 앞뒤로 다니며 카메라에 담았습니다. 우리는 풍광에 취해 하염없이 걸었습니다. 피디는 촬영 삼매경에 빠졌고요. 혹시나 하는 마음에 정신을 차려보니, 같은 길을 맴돌고 있었습니다.

길을 잃은 겁니다. 산중이라 피디의 핸드폰은 터지지 않았고, 우리에게 있는 건 산장 주인이 직접 그린 조악한 지도뿐이었습니다. 내려앉는 해가 보였습니다. 담당 피디는 책임감 때문인지 무척 당황했고, 저도 금세 마음의 길을 잃었습니다. 아내가 괜찮을 거라고 토닥였지만, 현실은 로키산맥에서 길을 잃은 네 명의 동양인이었습니다.

그때까지 별다른 말이 없던 얌전한 열두 살 아들의 표정이 갑자기 바뀌었습니다. 나름대로 생각이 있다는 듯 두리번거리며 방향을 살피더니 자신을 따라오라고 손짓했습니다.

멀쩡한 어른 셋이 소년을 믿고 따라갔습니다. 적어도 지푸라기보다는 나을 거라는 심정이었죠. 걷던 길에서 벗어나 계곡을 쭉 내려가다 보니 저 멀리에서 사람의 실루엣이 보였습니다. 아들이 급히 달려가며 소리쳤습니다.

"Help, help, help."

아들은 현지인과 유창한 영어로 말을 주고받았습니다. 손가락으로 방향을 확인했습니다. 숙소로 가는 길을 알아낸 모양입니다. 연신 고맙다고 인사하는 아이 뒤에서 어른 셋은 어리둥절해하는 현지인에게 고개를 숙였습니다. 그 뒤로 아들을 따라 30분쯤 걸으니 산장이 나타나더군요. 무색한 어른들의 칭찬이 쑥스러운 듯 아들은 말없이 계속 걸었습니다. 어떻게 그런 생각을 했냐는 질문에도 말을 아꼈습니다.

제가 처음으로 아들에게 의지한 순간입니다. 그 뒤로는 아들이 더 이상 어리지 않다고 생각했습니다. 어른들이 마음의 길마저 잃었을 때, 그 애는 마음의 길부터 찾았습니다.

인생의 길을 잃어 설령 앞이 보이지 않더라도, 마음의 길을 잃지 않으면 우리는 곧 정상 궤도로 돌아갈 수 있습니다.

아들은 그날 끝까지 아무 말도 하지 않았습니다. 웬만하면 생색이라도 낼 법한데 말입니다.

대도시의 여행자

저는 걸어서 출퇴근합니다. 집이 직장에서 가까운 건 아닙니다. 마포구 공덕동에 있는 집에서 회사가 있는 여의도까지 딱 4킬로미터입니다. 새벽 4시 45분에 일어나 5시 20분쯤 집을 나섭니다. 마포대로를 지나 한강을 보며 마포대교를 건넌 다음 여의도공원을 따라가면 회사가 나오죠.

4월부터 9월까지는 해가 일찍 떠서 걸을 만합니다. 하지만 11월부터 3월까지는 회사에 도착해도 캄캄합니다. 그 밖의 시기에는 걷는 도중 해가 뜨죠. 가는 비가 내릴 때도 웬만하면 걷습니다. 굵은 비가 내리면 버스를 타고요. 한겨울에는 영하 7도 아래로 내려가면 버스를 탑니다. 가장 중요한 기준은 풍속입니다. 겨울에 초속 4미터가 넘으면 한강 다리를 건너는 게 버겁습니다. 한여름에도 33도가 넘지 않으면 걷습니다. 물론 자외선 차단제를 듬뿍 바르고요.

생활 체력을 기르기 위한, 맛있는 음식을 마음껏 먹기 위한 목적도 있습니다만 하루의 시작을, 또 마무리를 여행처럼 하기 위한 선택입니다.

한강 다리를 건너며 강물과 하늘의 풍광을 만끽하노라면 저는 도시의 여행자가 됩니다. 여의도공원은 저에게 계절의 변화를 알려주죠.

여행 같은 출근길은 하루를 살게 하는 신선한 보약입니다. 여행 같은 퇴근길은 즐거운 집으로 향하는 또 다른 행복의 시작입니다.

모든 여행은 집을 떠나서 집으로 돌아옵니다.

하루의 일상도 어떤 이에게는 여행입니다.

마이크를
내려놓겠습니다

방송을 하는 사람들에게 꼭 필요한 것이 마이크입니다. 그래서 아나운서가 되면 마이크 잡는 법을 배우죠. 입에서 20센티미터 정도 떨어져 달걀을 쥐듯 가볍게 잡는 것이 좋습니다.

생방송에서 출연자와 대화를 나눌 때는 반드시 마이크에 대고 말합니다. 방송을 보면 마이크를 주먹으로 꽉 쥐고 있어 긴장한 것처럼 보이는 진행자가 있습니다. 간혹 출연자가 열심히 말하는데, 자기 입에 마이크를 계속 대고 있는 진행자도 있죠. 틈만 나면 입을 열 것처럼 준비하고 있는 겁니다. '당신이 빨리 끝내야

내가 말을 합니다.' 이런 무언의 메시지를 보내는 거죠. 물론 적절한 음성 반응을 하거나, 잠시라도 공백이 생기지 않도록 하려는 의도로 그러기도 합니다.

저는 그냥 내려놓겠습니다.
당신의 이야기를 들을 때는 내려놓겠습니다.
당신의 이야기에 빠져들어 제 본분도 잊겠습니다.
당신에게 박수 칠 때도 내려놓겠습니다.
당신의 삶을 정성 어린 박수로 칭찬하겠습니다.
마이크는 제가 평생 쥐고 사는 밥줄이지만
이야기를 듣는 것도, 박수 치는 일도
저의 중요한 본분입니다.

간혹 내가 하는 일에 마음을 빼앗겨 중요한 일을 놓치기도 합니다. 상대방에게는 내가 말하는 것보다 들어주는 것이, 박수받는 것이 더 소중합니다.

마음

재미보다 성찰을 좋아하는 사람이 있고,
성찰보다 재미를 좋아하는 사람이 있습니다.
안전을 우선하는 사람이 있고
모험이 앞서는 사람도 있습니다.
이렇게 다 다른데 어떻게 맞추겠습니까?
아무리 선한 생각이라도 남들이
내 마음 같다고 여기지는 마세요.
인생에서 가장 쉽게 하는 착각은
저 사람도 나와 같을 거라는 생각입니다.

우린 끝까지 가족입니다

스물여덟 해를 따로 살다 만난 아내와 태어나면서부터 함께 산 아들은 저와 제법 다릅니다. 저는 무엇이든 마감 시간을 잘 지킵니다. 심지어 마감 사흘 전쯤 마무리해서 보냅니다. 아들은 숙제를 마감 직전 새벽에야 마칩니다.

우리는 화장실 휴지를 걸어두는 것도, 치약을 짜는 것도 다릅니다. 아들과 아내는 겉옷을 식탁 의자에 걸어놓습니다. 물론 저는 옷장에 바로 걸죠. 저는 쉬는 날, 책을 읽거나 텔레비전으로 영화를 보거나 글을 씁니다. 하지만 아내와 아들에겐 무조건 누워야 쉬는 겁니다.

그래도 우리가 닮아서 다행인 건 서로에게 비난의 언어를 던지지 않는 점입니다. 상대방을 존중한다는 의미죠. 저도 제발 나처럼 살아달라고 아내와 아들을 다그치지 않습니다. 심지어 누군가 컵을 깨도, 음식을 쏟아도 핀잔을 주지 않고 각자 일어나 깨끗이 치웁니다. 안경을 어디에 두었는지 잊어버려도 함께 찾아줍니다. 집에서 큰 소리 날 일이 별로 없습니다. 편식한다고, 밥을 많이 먹는다고, 늦잠 잔다고 잔소리하는 사람도 없죠.

'밥을 같이 먹는 사이', 즉 식구食口라는 단어는 더 이상 의미가 없습니다. 한집에 살아도 밥 같이 먹기가 쉽지 않으니까요. 같이 살면서 닮아가는 가족이 있고, 같이 살면서 멀어지는 가족이 있습니다.

그러고 보니 '다름'과 '닮음'은 글자가 비슷하네요. 무슨 의미가 있어 보이지요? 달라도 너무 달라서 서로 비슷한 구석을 찾다 보니 닮아가는 것 아닐까요?

흔히 부부는 한 화면을 같이 오래 볼 수 있어야 행복하다고 하죠. 같이 가기로 했다면 같은 곳을 바라보는 것이 행복입니다.

다르기로 작정하면 끝없이 멀어집니다.
닮기로 마음먹으면 한없이 가까워집니다.
우리는 끝까지 가족입니다.

5장

엄마가 미안해할까 봐 걱정입니다

아이 앞에서 싸우지 마세요

부부가 싸울 때 아이가 느끼는 공포는
전쟁터에서 죽은 시신을 보는 것과 비슷하답니다.
행복한 가정에서 자란 아이가
50대가 되어서 성인병에 걸릴 확률은 7퍼센트,
불행한 가정에서 자란 아이가
50대가 되어서 성인병에 걸릴 확률은
87퍼센트라고 합니다.

아이 앞에서 싸우지 마세요, 제발.
다 큰 아이 앞에서도 마찬가지입니다.

꽃에
불이 붙었어요

십수 년 전 결혼식 사회를 볼 때 일입니다.

양가 어머니께서 화촉에 불을 붙이던 순간, 실수로 꽃에 불이 번졌습니다. 신부 쪽에 있던 화환들에 불이 크게 옮겨 붙었지만, 다행히 몇몇 사람이 뛰어와 대처한 덕분에 큰 사고를 모면했습니다.

신랑 신부가 입장하기 전이었지만, 이미 장내 분위기는 소란해졌습니다. 웅성거리던 사람들은 좀처럼 진정할 줄 몰랐고요. 이제 사회자의 역할이 중요할 때입니다. 솔직히 저도 불을 보는 순간부터 어떤 이야기로 말을 이어갈지 고민했죠.

“감사합니다. 잠시 제 말에 귀 기울여주십시오. 바로 결혼식을 진행하겠습니다.”

청중의 웅성거림을 잠재우고, 잠시 침묵한 후 말을 이었습니다.

“꿈에 불을 보면 길몽입니다. 부자가 되는 좋은 꿈이라고 하죠. 꿈같은 결혼식에서 불을 봤으니, 오늘 탄생하는 새 가정이 얼마나 잘 살겠습니까? 참으로 감사한 일입니다.”

말이 끝나기 무섭게 하객들은 우레 같은 박수와 함성으로 놀란 신랑 신부의 마음을 가라앉혀주었습니다. 적절한 순발력은 상황과 분위기를 바꿔줍니다.

나는 양띠입니다

나는 양띠입니다. 어려서부터 내가 양띠인 게 참 좋았습니다. 그래서인지 양띠 아내를 맞이하고, 소띠 아들과 함께 목장 같은 가정에서 잘 살고 있습니다.

양은 앞만 보며 가고, 고집이 셉니다. 잘 속고, 잘 넘어지고, 자기방어를 못해서 누군가가 지켜줘야 하는 동물이죠.

"양띠는 부자가 못 된다."

이런 속담이 있을 정도로 정직하고, 고지식하고, 착한 동물입니다. 예부터 희생의 상징으로 여겨졌죠. 경남 남해에 있는 양모리학교의 마태용 교장은 양몰이

개를 훈련하는 전문가인데, 양은 돌봐줄 좋은 목자와 양몰이 개가 꼭 필요한 연약한 존재라고 말합니다.

KBS 〈리얼 체험, 세상을 품다〉에서 히말라야 라다크 지역 유목민들과 생활한 적이 있습니다. 천막을 치고 삼대가 함께 사는 그 가족은 양 400마리를 키웁니다. 스물일곱 살 아들은 매일 아침 그 많은 양 떼를 이끌고 6킬로미터 떨어진 쉴 만한 물가, 푸른 풀밭을 찾아갑니다. 그렇게 양들을 먹이고 해 지기 전에 돌아옵니다.

400마리에게 각각 이름을 지어주고, 젖 짤 때를 알고, 아픈 녀석을 찾아내 돌보고, 비뚤어진 뿔을 잘라주고, 잃어버린 녀석을 찾아 산길을 헤매기도 하죠. 그리고 양들 곁에는 항상 양몰이 개가 있습니다.

양들과 함께 사나흘을 보냈는데도, 양 울음소리에 대한 기억은 별로 없습니다. 소는 '음매' 하고, 염소는 '매' 하고 운다지만, 양의 울음소리를 나타내는 의성어는 잘 기억나지 않습니다.

물론 양들도 소리를 내긴 했습니다. 하지만 녀석들

은 주로 조용히 밤을 보냅니다. 양들의 필요를 헤아리는 것은 그렇게 침묵하는 녀석들을 지켜보는 목자입니다. 목자는 양들의 소리 없는 아우성에 늘 귀를 기울입니다.

선한 목자가 참 그리운 시대입니다.

고장故障

문자 보내고 답장이 없으면 때로는 그 사람이 원망스럽기도 합니다. 하지만 모든 문자가 안전하게 도착했다고는 생각하지 마세요. 만에 하나, 배달 사고가 나기도 하니까요.

하물며 기계도 그런데 상대방이 내 이야기를 듣고 모두 이해했다고는 생각하지 마세요. 말을 하는 나의 송신 장치와 말을 듣는 상대의 수신 장치가 맞지 않거나 고장이 났을 수도 있으니까요. 송신 장치와 수신 장치는 제조사도 다르고, 입력된 경험치도 전혀 다르기 때문입니다. 만에 하나, 즉 1만 분의 1은 큽니까, 작습니까?

소리가 필요한 사람들

저는 2010년부터 '시각장애인을 위한 전화 사서함'에서 책을 읽어주는 녹음 봉사를 하고 있습니다. 아들의 봉사 활동을 찾다가 알게 된 단체입니다. 한 달에 한 번, 한 시간쯤 걸리는 그 일은 소리가 필요한 장애인에게 책 읽는 기쁨을 줍니다. 아내와 아들도 함께 했던 일이라 더 뜻깊죠.

언젠가 그 단체 임원들과 식사할 기회가 있었습니다. 일을 시작하고 퍽 오랜만에 처음으로 내 목소리를 듣는 사람들과 마주한 겁니다. 방송국 앞 쌀국숫집까지 전철을 타고 물어물어 찾아온 임원은 다섯 분이었습니다. 그분들께 내 목소리는 친숙한 이웃이었죠.

무슨 책을 읽었는지, 어느 계절에 어떤 인사말을 했는지까지 기억하는 그분들의 관심 앞에서 가끔 습관처럼 무심코 읽곤 했던 내 목소리가 부끄러웠습니다. 그분들 중에는 장애인을 위한 라디오 채널이 있는 KBS를 꽤 오래전부터 드나든 방송인도 계셨습니다.

"10년 전에 비하면 많이 좋아졌지요. 그때는 엘리베이터에 점자 안내가 없었죠. 제가 종이에 점자를 찍어서 작가한테 붙여달라고 부탁드렸죠. 그렇게 정식으로 요청하니까 그다음 달엔가 점자가 붙더라고요. 요즘은 화면 해설 방송까지 해주니 참 좋아요."

내심 다행이다 싶었습니다. 하지만 안도감을 느끼기도 전에 다음 말이 이어졌습니다.

"아직도 필요한 게 많아요. 드라마를 보다 보면 3회는 화면 해설을 해줬는데, 4회는 안 해주고 5회는 또 해줘요. 드라마를 중간부터 볼 때도 있는데, 끝나고 제목을 얘기해 주면 좋잖아요. 그런데 그냥 끝나요. 다른 방송국에서는 다음에 할 방송을 자막으로만 보여줘요. 몇 번 얘기했더니 그걸 아예 없애고 그냥 음악만 내보내요. 정말 답답해요. 그래도 KBS는 '곧이어' 어떤 프로그램을 방송한다고 꼬박꼬박 말해줘서 좋아요."

아나운서에게 '곧이어' 녹음은 일종의 궂은일입니다.

"'곧이어' 한 명만 보내주세요."

편성국에서 아나운서실로 전화를 하면, 그때 사무실에 있던 막내 아나운서가 얼른 뛰어갑니다.

"곧이어 〈아침마당〉을 방송합니다."

스튜디오에 들어가서 이렇게 한 줄을 녹음하는 일입니다.

아나운서들이 번거롭고 궂은일로 여기는 '곧이어' 한 줄 녹음이 누군가에게는 꼭 필요한 소리라는 것을 나는 잊고 있었습니다.

조금만 더
들으면

밥 먹을 때마다 손을 들어서 보라고 하더군요.

내가 먹는 음식이 800cc 크기의 손 하나만 한

위胃에 다 들어갈 수 있을지.

먹은 것보다 조금만 더 움직이면

살이 찌지 않습니다.

말한 것보다 조금만 더 들으면

세상이 당신을 다르게 봅니다.

내가 드라마를 보는 이유

"어? 선배님도 드라마 보세요? 달라 보이네요."

내가 드라마를 본다고 하면 후배들이 의아해합니다. 그리 자주 보는 편은 아니지만, 본방 사수를 할 만큼 좋아한 드라마도 꽤 있습니다.

내가 드라마를 시청하는 이유는 악인에 대한 형벌을 보기 위해서입니다. 드라마에는 꼭 악인이 등장하죠. 예전에는 선악 구도였지만, 요즘은 '선'보다는 '차악'과 '최악'의 대결이 많습니다.

드라마의 악인은 마지막에 꼭 형벌을 받습니다. 나는 그 순간의 통쾌함을 기다리며 드라마를 봅니다. 현실에서는 악인들이 형벌을 잘 받지 않기 때문입니다. 수많은 사건 사고의 주범들이 형벌을 피해가는 이야기는 현실입니다.

우리 주변엔 악인이 꽤 많습니다. 공공의 적은 차치하더라도 나를 괴롭히고, 조직에 피해를 주는 사람입니다. 그들은 대개 형통합니다. 그들이 형벌을 받았으면 좋겠는데, 도무지 그걸 볼 수 없으니 드라마를 통해 대리 만족을 하는 겁니다.

드라마에서도 착한 주인공은 의도적인 복수를 하지 않습니다. 악인이 그럴 만한 상황에 처해 형벌을 받는 경우가 대부분이죠.

내 인생에도 물론 악인들이 있습니다. 그러나 복수할 생각은 없습니다. 그저 그들이 내 인생의 동심원에서 벗어나길 바랄 뿐입니다. 원수를 사랑하기는 참 힘듭니다. 그들을 원수라고 생각하지만 나도 누군가에게는 악인이요, 원수라는 사실을 잊지 않으려 합니다.

화가와 바느질 모임

내가 좋아하는 화가는 모지스 할머니입니다. 미국 버지니아주 근교에서 작은 농장을 꾸리며 10남매를 키워낸 할머니는 76세 때 첫 작품을 그렸습니다. 동네 사람들의 요청에 가게에서 그림을 팔다가 우연히 수집가의 눈에 들었죠. 그리고 80세가 넘어 뉴욕에서 전시회를 하며 이름을 알렸습니다.

101세에 세상을 떠날 때까지 붓을 잡았던 할머니는 1500여 점의 작품을 남겼습니다. 원래 자수를 즐기다가 관절염이 심해지면서 그림을 시작했다는 할머니는 혼자 그리는 기쁨을 마음껏 누렸습니다. 할머니의 작품 〈바느질 모임〉은 90세 때 그린 것으로 생동감과 다정함이 넘칩니다.

마흔 명 가까운 사람들이 그림 속에서 분주합니다. 한쪽에서는 퀼트를 하고, 한쪽에서는 대형 식탁에 음식을 차립니다. 창밖으로 신록의 정원이 보이는 큰 거실에서는 사람들이 모여 즐거워합니다. 아마도 모지스 할머니는 혼자 바느질을 한 게 아니라 가끔 이런 모임에 나갔던 모양입니다.

인생의 마지막 직업이 무엇일까 궁금합니다.
내가 하고 싶은 것은 다 도전해 볼 생각입니다.
의외로 어디서 무엇이 터질지는 아무도 모릅니다.

인생의 흠집

인생에 '흠'이라는 단어가 웬 말입니까?

실수가 있고 잘못이 있을 뿐입니다.

그 순간이 지나면 서서히 희미해집니다.

잘못 없고 실수 없는 인생이 어디 있겠습니까?

잘못과 실수는 흠이 아닙니다.

과정입니다.

의자 방송 사고 아저씨

〈6시 내 고향〉을 진행할 때의 일입니다.

생방송은 늘 시간과의 싸움입니다. 제가 예전에 진행했던 〈6시 내 고향〉은 끝나는 시각을 반드시 지켜야만 했습니다. 그날도 시간 배분이 잘되었습니다. 전주에서 보낸 '신新백화고 버섯 이야기' 영상을 보며 '귀촌에 성공했으니 축하한다고 말해야겠군' 이런 생각을 했죠.

"네, 잘 봤습니다. 귀촌 3년 만에 저렇게 성공하셨다고 하니 정말 축하드릴 만한 일입니다."

그런데 이 멘트를 할 때 갑자기 의자가 내려앉는 느낌이 들었습니다. 이게 뭐지 싶었지만 별일 없겠거니 했죠.

"귀한 버섯 재배 잘 확인했습니다. 특별히……."

이야기를 하는데, 뭔가 이상했습니다. 의자가 계속 조금씩 내려가고 있었던 겁니다. 여성 MC가 말을 받았습니다.

"그러게요. 아버님께서 귀촌, 귀농하시기 전에는 건축업에 종사하셨다고 해요."

맞장구를 치며 옆을 보니 여성 MC의 얼굴이 저보다 한참 위에 있는 겁니다. 당황해서 어찌할 줄 몰랐습니다. 계속 설명하던 여성 MC가 저를 쳐다보며 말했습니다.

"버섯 농사 더 성공하셨으면 좋겠어요. ……근데 왜 이렇게 내려가 계신 거죠?"

그 말에 참았던 웃음이 빵 터졌습니다.

"그러게요. 왜 제가 낮아졌죠? 제가 몸이 무거워진 모양이에요."

그러면서 슬쩍 의자를 올리려고 했는데 마음대로

되질 않았습니다. 얼른 작전을 바꿨습니다. 리포터한테 버섯 이름을 물어보면 카메라가 리포터한테 넘어갈 테니, 그때 의자를 힘껏 올릴 생각이었죠.

"어머님께서 친절하게 설명을 잘해주셨는데, 버섯 이름이 기억나질 않네요."

"신백화고입니다."

리포터가 대답했습니다. 그런데 내 예상과 달리 카메라를 리포터 쪽으로 안 넘기는 거예요. 알고 보니 담당 피디도 나 때문에 웃음이 터진 뒤였어요. 할 수 없이 다시 한번 의자를 올려보려 했지만 또 실패하고 말았습니다. 그때는 스튜디오 안에 있는 모두가 웃음을 참지 못하고 있었죠.

"아휴, 별게 다 사람을 웃깁니다. 신백화고 기억하시고, 소비자분들께서도 많이 사랑해 주세요."

이렇게 말하면서 아무래도 구제역 이야기는 하지 말고 그냥 빨리 끝내야겠다고 생각했습니다. 그래서 얼른 화제를 바꿨죠.

"오늘은 얼른 마무리를 해야겠네요."

그런데 이게 웬일입니까? 여성 MC가 구제역 이야

기를 꺼낸 겁니다.

"한동안 잠잠했던 구제역 소식이 어제 단양에서 들려왔습니다. 앞으로 설도 얼마 안 남았고, 유동 인구도 많을 텐데, 진짜 이제는 더 이상 확산하지 않도록 최선을 다해야 할 때가 아닌가 싶습니다."

여성 MC가 심각한 이야기를 하는데도 저는 웃음이 터져서 도저히 표정 관리를 할 수 없었습니다. 정말 죽을 것 같았죠. 허벅지를 몇 번이고 꼬집었습니다. 20초가 그렇게 길 줄은 몰랐습니다.

여성 MC가 말을 이었습니다.

"자, 오늘 〈6시 내 고향〉은 여기까지고요. 내일부터는 김재원 아나운서 의자 잘 손봐서 잘 앉혀드릴게요. 고맙습니다."

진짜 대단한 친구였죠. 그 상황에서도 정색하고 끝까지 제대로 마무리를 해냈으니까요.

그렇게 방송이 끝나자마자 스튜디오는 난장판이 됐습니다. 조정실에 있던 피디와 기술진도 웃음이 터졌고요. 신기하게도 시간이 딱 맞았습니다. 원하는 시각에 제대로 끝낸 거죠. 생방송 진행자들은 몸에 인체 시계가 박혀 있다는 농담을 증명한 셈입니다.

그날 밤부터 영상이 돌아다녔습니다. 그걸 보니 정말 웃기긴 웃기더군요. 영화 〈겨울왕국〉의 올라프가 서서히 녹아내리는 것 같다는 댓글이 달리기도 했죠. 저는 진짜 죽을 뻔했는데, 사람들은 웃겨서 죽을 뻔했답니다. 여기저기서 문자가 쇄도했고, 유튜브 영상 조회 수가 하루 만에 280만을 넘었습니다.

다음 날 뉴스에서는 '이 주의 영상'으로 뽑히기도 했습니다. 그렇게 이 일은 누구에게도 책임을 물을 수 없는 유쾌한 '레전드' 방송 사고로 기록됐습니다. 어느덧 10년이 지난 지금, 젊은 사람들은 저를 '의자 방송 사고 아저씨'로 기억합니다.

아무튼 그때 저는 깨달았습니다. 평소 내 몸을 든든하게 지탱해 주던 의자가 생방송 중에 날 배신하는 것을 보고, 정말 당연한 건 없다는 걸 말입니다.

당연한 건 없습니다.

내가 숨 쉬는 것도,

말하는 것도,

행복하게 사는 것도

그냥 주어지는 게 아닙니다.

누군가 노력해 주고,

누군가 도와주고,

누군가 참아주기 때문에

내가 살아가고 있는 거죠.

여행지에서
출근하는 남자

여행지에 가면 그곳 사람들의 출근길에 동참합니다. 아침에 숙소를 나와 현지인들과 함께 이동하는 겁니다. 마치 그곳에 사는 사람처럼 말입니다. 그러곤 시내 중심지에서 가벼운 식사를 하고 숙소로 돌아옵니다.

파리에서는 지하철을 타고 14구역에서 1구역까지 다녀옵니다. 루브르 박물관 앞에서 갓 구운 빵과 갓 내린 커피를 마시죠.

후쿠오카에서는 저마다 비슷한 옷을 입고 출근하는

일본인들 속에 섞여 하카타역을 다녀옵니다. 기차역에서 제가 좋아하는 일본 도시락을 사죠.

뉴욕 출장 때는 플러싱에서 용광로 같은 7호선 지하철을 타고 유니언 마켓에 다녀옵니다. 일상에 지친 사람들 표정에서 삶의 고단함을 느끼곤 하죠.

런던에서는 웸블리파크부터 코튼햄까지, 하노이에서는 호안끼엠 호수에서 공항까지 다녀옵니다. 뭄바이에서는 거리만 거닐어도 빵빵 소리에 정신이 혼미해집니다.

삿포로에서는 오도리 공원을 지나 전차를 타고 인근 동네를 돕니다. 크로아티아 자그레브에서는 트램을 타고 중앙역이 있는 반 옐라치치 광장에 갑니다. 그곳에선 아침의 과일 시장, 꽃 시장이 한창이죠. 아이슬란드 레이캬비크에서는 아침 일찍부터 현지인보다 관광객을 더 많이 볼 수 있습니다.

아침은 하루의 시작입니다. 그곳 사람들의 싱그러운 아침을 느끼며 출근하듯 여행하고 싶었습니다. 굳이 여행지에서 그러고 싶었던 이유는 매일 여행처럼 출근하고 싶기 때문입니다.

뒷모습

꼭 보고 싶은 제 모습이 있습니다.
그런데 좀처럼 볼 수 없습니다.
바로 뒷모습입니다.
저는 저의 뒷모습이 참 궁금합니다.
똑바로 서 있는지, 비율은 적당한지,
쓸쓸해 보이지는 않는지 말이죠.

사람들의 뒷모습을 유심히 봅니다.
앞에서는 감춰진 외로움과 쓸쓸함이
뒷모습에서 엿보일 때가 있거든요.

그러면 그 사람을 위로하고 싶어집니다.

제 뒷모습이 정겨웠으면 좋겠습니다.

광릉추모공원 가는 길

제게 남아 있는 아빠와의 여행 추억은 산소 가는 길뿐입니다. 명절이 되면 한두 주 먼저, 아빠는 저를 데리고 길을 나섰습니다. 가방에는 꼭 배 한 개와 사과 한 개, 과도와 돗자리를 챙겼죠.

엄마가 계시는 지금의 광릉추모공원을 예전엔 서운동산이라고 불렀습니다. 광릉내에서 버스를 내려 꽃 한 다발 사고, 꽤 먼 거리를 걸었습니다.

10리 가까이 걷는 길은 말 한마디 없이 적적했습니다. 아마도 아빠는 아내 생각을, 저는 엄마 생각을 했겠지요. 트럭이 일으키고 간 먼지바람 때문에 입을 가리며, 저는 아빠 뒤를 부지런히 쫓아갔습니다. 간격이 벌어지면 아빠는 여지없이 말했지요.

"재원아, 어서 와라. 얼른 가자."

저는 총총걸음으로 뛰어가 벌어진 거리를 좁혔습니다. 아빠 앞에 다다르기 세 걸음 전, 아빠는 다시 등을 돌려 걸음을 옮겼습니다. 저는 흰 종이에 싼 꽃다발이 망가지기라도 할까 봐 조심했죠.

그렇게 서너 번쯤 뒤돌아보기를 반복하면 산 밑에 다다랐습니다. 200미터 남짓한 산길이지만 꽤 심한 경사를 올라 그다지 화려하지 않은 엄마 산소에 이르면, 아빠만의 의식을 시작했습니다.

고개를 숙여 기도하고, 산소를 돌며 풀을 뽑고, 비석에 묻은 먼지를 닦고, 돗자리를 깔고 사과와 배를 깎았습니다. 저는 물끄러미 그 의식에 참여했죠.

"먹어라."

저는 좋아하지도 않는 과일을 얼른 먹었습니다. 먹어야 의식이 끝났거든요. 엄마의 산소는 전망이 좋았습니다. 산소를 뒤로하고 앞을 바라보면 답답한 마음이 확 트였습니다. 아빠는 한동안 전망을 보며 한숨인지 심호흡인지 모를 긴 숨을 내뱉었습니다. 결코 긴 시간이 아니었는데, 왜 그렇게 길게 느껴졌는지 모르겠습니다.

"가자."

우리는 돗자리를 걷고, 과일 껍질을 봉지에 담고, 다시 산소 앞에 서서 눈을 감고 고개를 숙였습니다. 그리고 왔던 길을 되밟으며 광릉내로 돌아와 버스에 올랐습니다. 그제야 아들은 마음을 놓고 잠을 청했습니다.

찬 바람이 붑니다

봄볕이 따스하던 날부터 엄마는 배가 아프다며 병원에 다녔습니다. 큰 병원에서 담석증 진단을 받고 곧 수술한다고 했죠. 그리고 늦여름, 가벼운 수술이니 걱정하지 말라며 입원했던 어머니는 열흘 후 중환자가 되어 집으로 돌아왔습니다.

담석증을 수술하기 위해 열어보니 암이었답니다. 명백한 오진입니다. 수술과 동시에 암은 번졌고, 멀쩡했던 엄마는 그 후로 일어서지도 못했습니다. 한방으로 치료를 했지만, 엄마는 쓸쓸한 초겨울에 내 곁을 떠났습니다. 내가 열세 살 때였습니다.

엄마는 생명보험에 가입했었습니다. 그런데 보험사는 엄마가 진료 사실을 신고하지 않았다는 이유로 보험금 지급을 거부했습니다. 아빠는 큰 병원과 보험사를 여러 번 방문했고, 그때마다 어린 나를 데리고 다녔습니다. 그러던 아빠가 하루는 나를 앉혀놓고 말씀하셨습니다.

"아무도 사과하지 않는구나. 진실이 분명해도 사과받기가 이렇게 힘든 줄 몰랐다. 이제 그만해야겠다. 너한테는 너무 미안하다."

그때 아버지의 눈물을 본 나는 아직까지 생명보험에 가입하지 않았습니다.

10여 년 전에 의료 사고가 수면 위로 떠올랐습니다. 고인이 유명 가수였기에 파장은 컸습니다. 지금도 우리 주변에서는 수많은 사건 사고가 벌어집니다. 그런데 물에 빠져 죽어도, 불이 나도, 사람이 떨어져 죽어도 진실은 아무도 모르고 사과하는 사람은 아무도 없습니다.

진실은 파헤칠수록 비참하기에 우리는 그걸 덮고

있는지도 모릅니다. 직접적 원인은 차치하고라도 혹여 있었을지 모를 작은 실수를 인정하고 진심으로 사과하면 분노와 억울함은 한결 잦아들 것입니다.

비참한 진실은 진심 어린 사과로 그 어두운 껍질을 벗길 수 있습니다. 사과가 없다면 누군가는 분명 그 어두운 껍질 속에 평생 갇힐 것입니다. 얼마 전 텔레비전에서 본 유명 가수의 자녀들이 참 잘 자라줘서 얼마나 고마웠는지 모릅니다. 저도 잘 컸습니다.

찬 바람이 붑니다.
엄마 산소에 가고 싶습니다.

엄마가 미안해할까 봐 걱정입니다

엄마가 날 늦게 낳은 걸 미안해할까 봐 걱정입니다.
노산인데도 불구하고 날 이렇게
건강하게 낳으셨는데 말입니다.
엄마가 날 혼내신 걸 미안해할까 봐 걱정입니다.
따뜻한 꾸지람이 명약이 되어
이렇게 철이 들었는데 말이죠.

엄마가 아프셨던 것을 미안해할까 봐 걱정입니다.
아들 눈치 보느라 맘 편히 눕지도 못하셨던 엄마.
엄마가 일찍 죽어서 미안해할까 봐 걱정입니다.

고생만 하고 낯선 길 떠날 때도
내 걱정만 하셨을 엄마.
엄마, 엄마 덕분에 난 이렇게 잘 자랐어요.
엄마, 정말 정말 미안해하지 마세요.

엄마 없이 마흔다섯 해가 넘어도
엄마와 함께한 13년 덕분에
아직도 이만큼 행복합니다.

엄마의 얼굴

1판 1쇄 발행 2025년 1월 15일 | **1판 5쇄 발행** 2025년 2월 28일 | **지은이** 김재원 | **발행인** 허윤형 | **독자 에디터** 김경애 김소연 김은아 김한나 김혜진 송지연 이경희 정양숙 조은아 천유 | **펴낸곳** 달먹는토끼 | **주소** 서울 마포구 성지길 25-11(합정동, 오구빌딩) | **전화** 02 334 0173 | **팩스** 02 334 0174 | **홈페이지** www.hwangsobooks.co.kr | **인스타** @hwangsomediagroup | **등록** 2009년 3월 20일(신고번호 제313-2009-54호) | **ISBN** 979-11-989350-3-8(03810)